课文作家
经典作品系列

海上日出

巴　金◎著

长江出版传媒　｜　长江少年儿童出版社

目 录

繁星	1
海上日出	3
海上生明月	5
我的心	7
香港的夜	10
鸟的天堂	12
机器的诗	16
朋友	19
在普陀	23
过年	28
月夜	34
做一个战士	37
桂林的微雨	40

黑土	47
静寂的园子	54
风	58
雷	60
雨	64
星	67
狗	69
寻梦	71
灯	76
祝福	80
做大哥的人	82
我的幼年	93

 繁　星

　　我爱月夜，但我也爱星天。从前在家乡七八月的夜晚在庭院里纳凉的时候，我最爱看天上密密麻麻的繁星。望着星天，我就会忘记一切，仿佛回到了母亲的怀里似的。

　　三年前在南京我住的地方有一道后门，每晚我打开后门，便看见一个静寂的夜。下面是一片菜园，上面是星群密布的蓝天。星光在我们的肉眼里虽然微小，然而它使我们觉得光明无处不在。那时候我正在读一些关于天文学的书，也认得一些星星，好像它们就是我的朋友，它们常常在和我谈话一样。

　　如今在海上，每晚和繁星相对，我把它们认得很熟了。我躺在舱面上，仰望天空。深蓝色的天空里悬着无数半明半

昧的星。船在动，星也在动，它们是这样低，真是摇摇欲坠呢！渐渐地我的眼睛模糊了，我好像看见无数萤火虫在我的周围飞舞。海上的夜是柔和的，是静寂的，是梦幻的。我望着那许多认识的星，我仿佛看见它们在对我眨眼，我仿佛听见它们在小声说话。这时我忘记了一切。在星的怀抱中我微笑着，我沉睡着。我觉得自己是一个小孩子，现在睡在母亲的怀里了。

有一夜，那个在哥伦波上船的英国人指给我看天上的巨人。他用手指着：那四颗明亮的星是头，下面的几颗是身子，这几颗是手，那几颗是腿和脚，还有三颗星算是腰带。经他这一番指点，我果然看清楚了那个天上的巨人。看，那个巨人还在跑呢！

 # 海上日出

  为了看日出,我常常早起。那时天还没有大亮,周围非常清静,船上只有机器的响声。

  天空还是一片浅蓝,颜色很浅。转眼间天边出现了一道红霞,慢慢地在扩大它的范围,加强它的亮光。我知道太阳要从天边升起来了,便不转眼地望着那里。

  果然过了一会儿,在那个地方出现了太阳的小半边脸,红是真红,却没有亮光。这个太阳好像负着重荷似的一步一步、慢慢地努力上升,到了最后,终于冲破了云霞,完全跳出了海面,颜色红得非常可爱。一刹那间,这个深红的圆东西,忽然发出了夺目的亮光,射得人眼睛发痛,它旁边的云片也突然有了光彩。

有时太阳走进了云堆中,它的光线却从云里射下来,直射到水面上。这时候要分辨出哪里是水,哪里是天,倒也不容易,因为我就只看见一片灿烂的亮光。

有时天边有黑云,而且云片很厚,太阳出来,人眼还看不见。然而太阳在黑云里放射的光芒,透过黑云的重围,替黑云镶了一道发光的金边。后来太阳才慢慢地冲出重围,出现在天空,甚至把黑云也染成了紫色或者红色。这时候发亮的不仅是太阳、云和海水,连我自己也成了明亮的了。

这不是很伟大的奇观么?

海上生明月

　　四围都静寂了。太阳也收敛了它最后的光芒。炎热的空气中开始有了凉意。微风掠过了万顷烟波。船像一只大鱼在这汪洋的海上游泳。突然间,一轮红黄色大圆镜似的满月从海上升了起来。这时并没有万丈光芒来护持它。它只是一面明亮的宝镜,而且并没有夺目的光辉。但是青天的一角却被它染成了杏红的颜色。看!天公画出了一幅何等优美的图画! 它给人们的印象,要超过所有的人间名作。

　　这面大圆镜愈往上升便愈缩小,红色也愈淡,不久它到了半天,就成了一轮皓月。这时上面有无际的青天,下面有无涯的碧海,我们这小小的孤舟真可以比作沧海的一粟。不消说,悬挂在天空的月轮月月依然,年年如此。而我们这些旅客,在这海上却只是暂时的过客罢了。

　　与晚风、明月为友,这种趣味是不能用文字描写的。可是真正能够做到与晚风、明月为友的,就只有那些以海为家的人!我虽不能以海为家,但做了一个海上的过客,也是幸事。

　　上船以来见过几次海上的明月。最难忘的就是最近的一夜。我们吃过午餐后在舱面散步,忽然看见远远的一盏红灯挂在一个石壁上面。这红灯并不亮。后来船走了许久,这盏石壁上的灯还是在原处。难道船没有走么?但是我们明明看见船在走。后来这个闷葫芦终于给打破了。红灯渐渐地大起来,成了一面圆镜,腰间绕着一根黑带。它不断地向上升,突破了黑云,到了半天。我才知道这是一轮明月,先前被我认为石壁的,乃是层层的黑云。

我的心

近来不知道什么缘故,这颗心痛得更厉害了。

我要向我的母亲说:"妈妈,请你把我这颗心收回去罢,我不要它了。记得你当初把这颗心交给我的时候,你对我说过:'你的爸爸一辈子拿了它待人,爱人,他和平安宁地过了一生。他临死把这颗心交给我,要我将来在你长成的时候交给你,他说:"承受这颗心的人将永远正直,幸福,而且和平安宁地度过他的一生。"现在你长成了,那么你就承受了这颗心,带着我的祝福。到广大的世界中去罢。'这几年来我怀着这颗心走遍了世界,走遍了人心的沙漠,所得到的只是痛苦,痛苦的创痕。正直在哪里? 幸福在哪里? 和平在哪里? 这一切可怕的景象,哪一天才会看不见? 这一切可怕的声音,哪一天才会听不到? 这样的悲剧,哪一天才不会再演? 一切都像箭一般地射到我的心上。我的心上已经布满了痛苦的创痕。因此我的心痛得更厉害了。

"我不要这颗心了。有了它,我不能够闭目为盲;有了它,我不能够塞耳为聋;有了它,我不能吞炭为哑;有了它,我不能够在人群的痛苦中找寻我的幸福;有了它,我不能够和平地生活在这个世界;有了它,我再也不能够生活下去了。妈妈,请你饶了我罢,这颗心我实在不要,不能够要了。

"我夜夜在哭,因为我的心实在痛得忍受不住了。它看不得人间的惨剧,听不得人间的哀号,受不得人间的凌辱。它每一次跟着我游历了人心的沙漠,带了遍体的伤痕归来,我就用我的眼泪洗净了它的血迹。然而它的伤痕刚刚好一点,新的创痕又来了。有一次似乎它也向我要求了:'你放我走罢,我实在不愿意活了。请你放了我,让我把自己炸毁,世间再没有比看见别人的痛苦而不能帮助的事更痛苦的了。你既然爱我,为何又要苦苦地留着我? 留着我来受这种刺心刻骨的痛苦?'我要放走它,我决心让它走。然而它却被你的祝福拴在我的胸膛内了。

"我多时以来就下决心放弃一切。让人们去竞争,去残杀;让人们来虐待我,凌辱我。我只愿有一时的安息。可是我的心不肯这样，它要使我看，听，说：看我所怕看的，听我所怕听的，说人所不愿听的。于是我又向它要求道：'心啊，你去罢，不要苦苦地恋着我了。有了你，无论如何我不能够活在这样的世界上了。请你为了我的幸福的缘故，撇开我罢。'它没有回答。因为它如今知道，既然它已被你的祝福系在我的胸膛上，那么也只能由你的诅咒而分开。妈妈，请你诅咒我罢，请你允许我放走这颗心去罢，让它去毁灭罢，因为它不能活在这样的世界上，而有了它，我也不能够活在这个世界上了。

"我有了这颗心以来，我追求光明，追求人间的爱，追求我理想中的英雄。到而今我的爱被人出卖，我的幻想完全破灭，剩下来的依然是黑暗和孤独。受惯了人们的凌辱，看惯了人间的惨剧。现在，一切都受够了。可是这一切总不能毁坏我的心，弄掉我的心，因为没有得到母亲的诅咒，这颗心是不会离开我的。所以为了你的孩子的幸福的缘故，请你诅咒我罢，请你收回这颗心罢。

"在这样大的血泪的海中，一个人一颗心算得什么？能做什么？妈妈，请你诅咒我罢，请你收回这颗心罢。我不要它了。"

可是我的母亲已经死了多年了。

1929 年春在上海

香港的夜

我们搭小火轮去广州。晚上十点钟船离开了香港。

开船的时候,朋友洪在舱外唤我。我走出舱去,便听见洪说:"香港的夜很美,你不可不看。"

我站在舱外,身子靠着栏杆,望着渐渐退去的香港。

海是黑的,天也是黑的。天上有些星星,但大半都不明亮。只有对面的香港成了万颗星点的聚合。

山上有灯,街上有灯,建筑物上有灯。每一盏灯就像一颗星,在我的肉眼里它比星星更亮。它们密密麻麻地排列着,像是一座星的山,放射万丈光芒的星的山。

夜是静寂的,柔和的。从对面我听不见一点声音。香港似乎闭上了它的大口。但是当我注意到那座光芒万丈的星的山的时候,我仿佛又听见了那无数的灯光的私语。船在移动,灯光也跟着在移动。而且电车、汽车上的灯也在飞跑。我看见它们时明时暗,就像人在眨眼,或者它们在追逐,在说话。我的视觉和听觉混合起来。我仿佛在用眼睛听了。那一座星的山并不是沉默的,在那里正奏着出色的交响乐。

我差不多到了忘我的境界……

船似乎在转弯。星的山愈来愈窄小了。但是我的眼里还留着一片金光,还响着动人的乐曲。

后来船驶进群山的中间(我不知道是山还是岛屿),香港完全给遮住了。海上没有灯,浓密的黑暗包围着我们的船。星的山成了一个渺茫的梦景。

我还呆呆地站在那里,我想找回那座星的山。但是我什么也看不见。外面的空气很凉爽,风吹得我的头有点受不住了,我便回到舱里去。舱里人声嘈杂,是一个完全不同的世界。我把脚踏进舱里的时候,我不禁疑惑地问自己:我先前看见的难道只是一个幻景?

1933 年 5 月底在广州

鸟 的 天 堂

我们在陈的小学校里吃了晚饭。热气已经退了。太阳落下了山坡,只留下一段灿烂的红霞在天边,在山头,在树梢。

"我们划船去!"陈提议说。我们正站在学校门前池子旁边看山景。

"好。"别的朋友高兴地接口说。

我们走过一段石子路,很快地就到了河边。那里有一个茅草搭的水阁。穿过水阁,在河边两棵大树下我们找到了几只小船。

我们陆续跳在一只船上。一个朋友解开绳子,拿起竹竿一拨,船缓缓地动了,向河中间流去。

三个朋友划着船,我和叶坐在船中望四周的景致。

远远地一座塔耸立在山坡上，许多绿树拥抱着它。在这附近很少有那样的塔，那里就是朋友叶的家乡。

河面很宽，白茫茫的水上没有波浪。船平静地在水面流动。三只桨有规律地在水里拨动。

在一个地方河面窄了。一簇簇的绿叶伸到水面来。树叶绿得可爱。这是许多棵茂盛的榕树，但是我看不出树干在什么地方。

我说许多棵榕树的时候，我的错误马上就给朋友们纠正了，一个朋友说那里只有一棵榕树，另一个朋友说那里的榕树是两棵。我见过不少的大榕树，但是像这样大的榕树我却是第一次看见。

我们的船渐渐地逼近榕树了。我有了机会看见它的真面目：是一棵大树，有着数不清的丫枝，枝上又生根，有许多根一直垂到地上，进了泥土里。一部分的树枝垂到水面，从远处看，就像一棵大树躺在水上一样。

现在正是枝叶繁茂的时节（树上已经结了小小的果子，而且有许多落下来了）。这棵榕树好像在把它的全部生命力展览给我们看。那么多的绿叶，一簇堆在另一簇上面，不留一点缝隙。翠绿的颜色明亮地在我们的眼前闪耀，似乎每一片树叶上都有一个新的生命在颤动，这美丽的南国的树！

船在树下泊了片刻，岸上很湿，我们没有上去。朋友说这里是"鸟的天堂"，有许多只鸟在这棵树上做窝，农民不许人捉它们。我仿佛听见几只鸟扑翅的声音，但是等到我的眼睛注意地看那里时，我却看不见一只鸟的影子。只有无数的树根立在地上，像许多根木桩。地是湿的，大概涨潮时河水常常冲上岸去。"鸟的天堂"里没有一只鸟，我这样想道。船开了。一个朋友拨着船，缓缓地流到河中间去。

在河边田畔的小径里有几棵荔枝树。绿叶丛中垂着累累的红色果子。我们的船就往那里流去。一个朋友拿起桨把船拨进一条小沟。在小径旁边，船停住了，我们都跳上了岸。

两个朋友很快地爬到树上去，从树上抛下几枝带叶的荔枝，我同陈和叶三个人站在树下接。等到他们下地以后，我们大家一面吃荔枝，一面走回船上去。

第二天，我们划着船到叶的家乡去，就是那个有山有塔的地方。从陈的小学校出发，我们又经过那个"鸟的天堂"。

这一次是在早晨，阳光照在水面上，也照在树梢。一切都显得非常明亮。我们的船也在树下泊了片刻。

起初四周非常清静。后来忽然起了一声鸟叫。朋友陈把手一拍，我们便看见一只大鸟飞起来，接着又看见第二只，第三只。我们继续拍掌。很快地这个树林变得很热闹了。到处都是鸟声，到处都是鸟影。大的，小的，花的，黑的，有的站在枝上叫，有的飞起来，有的在扑翅膀。

我注意地看。我的眼睛真是应接不暇，看清楚这只，又看漏了那只，看见了那只，第三只又飞走了。一只画眉飞了出来，给我们的拍掌声一惊，又飞进树林，站在一根小枝上兴奋地唱着，它的歌声真好听。

"走罢。"叶催我道。

小船向着高塔下面的乡村流去的时候，我还回过头去看留在后面的茂盛的榕树。我有一点留恋的心情。昨天我的眼睛骗了我。"鸟的天堂"的确是鸟的天堂啊！

1933年6月在广州

机 器 的 诗

为了去看一个朋友,我做了一次新宁铁路上的旅客。我和三个朋友一路从会城到公益,我们在火车上大约坐了三个钟头。时间长,天气热,但是我并不觉得寂寞。

南国的风物的确有一种迷人的力量。在我的眼里一切都显出一种梦景般的美:那样茂盛的绿树,那样明亮的红土,那一块一块的稻田,那一堆一堆的房屋,还有明镜似的河水,高耸的碉楼。南国的乡村,虽然里面包含了不少的痛苦,但是表面上它们还是很平静,很美丽的!

到了潭江,火车停下来。车轮没有动,外面的景物却开始慢慢地移动了。这不是什么奇迹。这是新宁铁路上的一段最美丽的工程。这里没有桥,火车驶上了轮船,就停留在船上，让轮船载着它慢慢地渡过江去。

我下了车，站在铁板上。船身并不小，甲板上铺着铁轨，火车就躺在铁轨上喘气。左边有卖饮食的货摊，许多人围在那里谈笑。我一面走，一面看。我走过火车头前面，到了右边。

船上有不少的工人。朋友告诉我，在船上做工的人在一百以上。我似乎没有看见这么多。有些工人在抬铁链，有几个工人在管机器。

在每一副机器的旁边至少站得有一个穿香云纱衫裤的工人。他们管理机器，指挥轮船前进。

看见这些站在机器旁边的工人的昂头自如的神情，我从心底生出了感动。

四周是平静的白水，远处有树，有屋。江面很宽。在这样的背景里显出了管理机器的工人的雄姿。机器有规律地响着，火车趴在那里，像一条被人制服了的毒蛇。

我看着这一切，我感到了一种诗情。我仿佛读了一首真正的诗。于是一种喜悦的、差不多使我的心颤抖的感情抓住了我。这机器的诗的动人的力量，比任何诗人的作品都大得多。

诗应该给人以创造的喜悦，诗应该散布生命。我不是诗人，但是我却相信真正的诗人一定认识机器的力量，机器工作的巧妙，机器运动的优雅，机器制造的完备。机器是创造的，生产的，完美的，有力的。只有机器的诗才能够给人以一种创造的喜悦。

那些工人，那些管理机器、指挥轮船把千百个人、把许多辆火车载过潭江的工人，当他们站在铁板上面，机器旁边，一面管理机器，一面望着白茫茫的江面，看见轮船慢慢地驶近岸的时候，他们心里的感觉，如果有人能够真实地写下来，一定是一首好诗。

我在上海常常看见一些大楼的修建。打桩的时候，许多人都围在那里看。有力的机器从高处把一根又高又粗的木桩打进土地里面去，一下，一下，声音和动作都是有规律的，很快地就把木桩完全打进地里去了。四周旁观者的脸上都浮出了惊奇的微笑。地是平的，木头完全埋在地底下了。这似乎是不可信的奇迹。机器完成了奇迹，给了每个人以喜悦。这种喜悦的感情，也就是诗的感情。我每次看见工人建筑房屋，就仿佛读一首好诗。

1933年6月在广州

   朋　　友

　　这一次的旅行使我更了解一个名词的意义，这个名词就是：朋友。

　　七八天以前我曾对一个初次见面的朋友说："在朋友们面前我只感到惭愧。你们待我太好了，我简直没法报答你们。"这并不是谦虚的客气话，这是真的事实。说过这些话，我第二天就离开了那个朋友，并不知道以后还有没有机会再看见他。但是他给我的那一点点温暖至今还使我的心颤动。

　　我的生命大概不会很长久罢。然而在短促的过去的回顾中却有一盏明灯，照彻了我的灵魂的黑暗，使我的生存有一点光彩。这盏灯就是友情。我应该感谢它，因为靠了它我才能够活到现在；而且把旧家庭给我留下的阴影扫除了的也

正是它。

世间有不少的人为了家庭抛弃朋友，至少也会在家庭和朋友之间划一个界限，把家庭看得比朋友重过若干倍。这似乎是很自然的事情。我也曾亲眼看见一些人结婚以后就离开朋友，离开事业。……

朋友是暂时的，家庭是永久的。在好些人的行为里我发见了这个信条。这个信条在我实在是不可理解的。对于我，要是没有朋友，我现在会变成怎样可怜的东西，我自己也不知道。

然而朋友们把我救了。他们给了我家庭所不能给的东西。他们的友爱，他们的帮助，他们的鼓励，几次把我从深渊的边沿救回来。他们对我表示了无限的慷慨。

我的生活曾经是悲苦的，黑暗的。然而朋友们把多量的同情，多量的爱，多量的欢乐，多量的眼泪分了给我，这些东西都是生存所必需的。这些不要报答的慷慨的施舍，使我的生活里也有了温暖，有了幸福。我默默地接受了它们。我并不曾说过一句感激的话，我也没有做过一件报答的行为。但是朋友们却不把自私的形容词加到我的身上。对于我，他们太慷慨了。

这一次我走了许多新地方，看见了许多新朋友。我的生活是忙碌的：忙着看，忙着听，忙着说，忙着走。但是我不曾遇到一点困难，朋友们给我准备好了一切，使我不会缺少什么。我每走到一个新地方，我就像回到我那个在上海被日本兵毁掉的旧居一样。

每一个朋友，不管他自己的生活是怎样苦，怎样简单，也要慷慨地分一些东西给我，虽然明知道我不能够报答他。有些朋友，连他们的名字我以前也不知道，他们却关心我的健康，处处打听我的"病况"，直到他们看见了我那被日光晒黑了的脸和膀子，他们才放心地微笑了。这种情形的确值得人掉眼泪。

有人相信我不写文章就不能够生活。两个月以前，一个同情我的上海朋友寄稿到《广州民国日报》的副刊，说了许多关于我的生活的话。他也说我一天不写文章第二天就没有饭吃。这是不确实的。这次旅行就给我证明：即使我不再写一个字，朋友们也不肯让我冻馁。世间还有许多慷慨的人，他们并不把自己个人和家庭看得异常重要，超过一切。靠了他们我才能够活到现在，而且靠了他们我还要活下去。

朋友们给我的东西是太多、太多了。我将怎样报答他们呢？但是我知道他们是不需要报答的。

最近我在法国哲学家居友的书里读到了这样的话："生

命的一个条件就是消费……世间有一种不能跟生存分开的慷慨，要是没有了它，我们就会死，就会从内部干枯。我们必须开花。道德，无私心就是人生的花。"

在我的眼前开放着这么多的人生的花朵了。我的生命要到什么时候才会开花？难道我已经是"内部干枯"了么？

一个朋友说过："我若是灯，我就要用我的光明来照彻黑暗。"

我不配做一盏明灯。那么就让我做一块木柴罢。我愿意把我从太阳那里受到的热放散出来，我愿意把自己烧得粉身碎骨给人间添一点点温暖。

            1933 年 6 月在广州

在 普 陀

到普陀的那一天,在海边的岩石缝里我们看见了不少的 isopod①。大的,小的,成群地在岩石上爬着。许多对相等的细脚,鱼鳞似的甲壳,两根长的黄须,黑的眼睛。大的有蝉身那样大,小的就很小,在这里我们看出了 isopod 的发育的全个阶段。

"我倒没有见过这样大的 isopod,"朋友朱看见一只很大的 isopod 从一个缝里爬出来,不觉惊喜地叫道,"在地中海边我都不曾见过这样大的。德拉日②研究这种东西很详细。他也没有找到这么大的。"

---

① 英文,等足类动物。
② 法国著名的动物学家。

"我们捉几只来看看。"我说。那个小动物的两只眼睛似乎很机警地在看我。

"好,明天去买一瓶酒精来,在这里采集些小动物回去。"朱说。

第二天上午我们游完了前山,下午四点钟以后我们一共五个人走出寺院,到街上去买酒精。在普陀山买酒精,似乎是一件奇怪的事情,起先在寺院里我们就问过和尚,和尚还疑心我们想喝酒。但是朱却相信在这里一定可以买到酒精。

街很短,中间是狭窄的石板路,两旁是旧式的店铺。进香袋,香烛,画片,地图,矾石的雕刻,以及汽水等等都摆在门前。我们问了好几家杂货店,那里不但没有酒精,连酒也没有。我们失望了,正打算回头走时,朱却在一家较大的店里买到了高粱酒,要了一个瓦罐盛着,提起来往海边走去。

海边有人游泳,可是只有寥寥的几个人。海滩上有人搭了布篷,做饮冰室,卖着汽水之类的东西,生意不大好,不过座位舒适,是帆布椅和藤椅,脚下全是沙。我们到了那里,就脱下外面的衫裤放在藤椅上,让一个爱喝啤酒的朋友看守,其余四个人赤脚经过沙地,往海边岩石上走去。那一罐高粱酒就拿在朱的手里。

沙滩上有许多小蟹在爬,人一走近,它们全钻进洞里去了。它们在沙滩上打了不少的小洞。

潮打湿的沙地是柔软的,脚踏在上面,使人起一种舒服的感觉。但是我们爬上岩石,不平的石块就刺得脚掌发痛了。我们从一块岩石跳过另一块,往最近海的高的岩石上爬去。潮水在我们的下面怒吼,一匹一匹的白浪接连地向这些岩石打来,到了岩石脚下又给撞回去了。那奇妙的声音,那四溅的水花……

但是我们不去管这些。我们走上岩石,就分散开来,各人找寻自己的捕获物。这些东西很多,除了 isopod 以外,我还看见了海葵、海螺、蟹、佛手和其他的几种小动物。

我在一个岩石边沿上跪下来,伸一只手去捉一只小蟹,这只蟹在岩石缝隙里,岩石缝隙里全是红色,就像涂了许多动物的血。许多海螺钉在那上面。我把手伸下去,那只蟹却向着更窄的缝隙跑进去了。但是我还看得见它的两只脚。我去向朱要了小刀来,用刀刺进手伸不到的缝隙里,起初蟹还不肯动,后来我把它骚扰得没有办法了,它只得跑出来。我连忙伸手去抓它,它就往里面一逃,可是已经迟了,它的一只螯和一只脚都被我抓住了。它终于被我用刀拨了出来。我把我的俘虏拿在手里看,它可怜地动着,一只螯和一只脚已经断了。

我走到朱那里，把蟹放进了酒罐。朱和西正在捉 isopod，他们已经捉了好几只大的。朱的兄弟在两块岩石中间下凹处洗脚。

浪已漫上了前面的岩石，那里已经积了一些水。我又往前面走去，把脚浸在清凉的水里。石上有好些花朵似的彩色的东西，那是海葵。它们浸在水里像盛开的花。我伸手去挨它们，它们马上缩小起来，成了一团。我便用刀去挖它们，它们像生根在石头里一般，起初简直弄不动，但是后来我终于把它们一一地弄起来了，这些奇怪的动物。

前面的某一块岩石上浪还没有漫上来，虽然最前面的岩石已经有一半浸进了水里。在那个岩石上我看见了一只佛手插在缝里，松绿色，很可爱，一半露在外里，好像很容易弄出来似的。我伸手去拿，没有用，又用刀去挖，也挖不动。我还在用力，不觉得潮已经涨上来了。我的耳边突然有了响声，一个大浪迎着我的头打来，我连忙把头一埋。全身马上湿透了，从头到脚都是水，眼镜也几乎被打落。搭在肩上的那条毛巾却落在岩石上给浪冲走，马上就看不见了。

"金，当心！不要给浪打下去！"朱在后面的一块岩石上警告我说。

我退后几步，坐到另一个岩石上去，取下眼镜来揩了一阵，因为镜片给浪打湿了。

我又戴上眼镜，俯下头去看海。下面全是白沫。水流得很急。浪带着巨声接连不断地打击岩石脚。前面较低的几块岩石已经淹没在水里了，只露出一些尖顶来。

我要是落到下面去，一定没有性命了。这样一想，我就觉得自己方才没有被浪打下去，真是侥幸得很。但是过了片刻，我看见那几块岩石还高出在水面上，我又想起了那只佛手，我的心不觉痒起来了。结果我还是到那个岩石去把佛手弄了出来，自然费了很大的力气。这种东西店里好像也有卖的，这个我并不是不知道。

在这些岩石上我们花去了一点钟以上的时间。后来我们回到布篷那里，我还在沙滩上睡了一觉。

傍晚大家穿好了衣服。朱提着酒罐，我们五个人沿着山路，跟着庙里的钟声，有说有笑地走回我们寄宿的寺院去。

路上有好些和尚和好些男女香客用惊奇的眼光看我们这个奇异的行列，看朱手里的酒罐。

1933 年 8 月在上海

过　年

　　书桌放在窗前,每天我坐在这里,望着时光悄悄地走过去。看着,看着,又到了年终的时候。我的心海里涌起了波涛。

　　一年一年这样地过去,人渐渐地老起来,离坟墓越来越近。这是事实,然而使我如此感动的原因却不是这个。我是在悔恨我自己又把这一年大好的光阴白白地浪费了。不过我并不因此而有什么感伤。悔恨和感伤是不同的。

　　过去的年华像一座一座的山横在我后面。假使我回过头去,转身往后面走,翻越过一座山又一座山,我就会看见我的童年。事实上我有时候也做过这样的旅行。于是我在一座山的脚下站住了。

海上日出

在我这个房间里不是常有小孩来玩么？六岁的，四岁的，三岁的。他们今天忘了昨天的事，甚至下午就忘了午前的事情。一分钟哭，过一分钟又笑。他们的世界是何等的简单！我最近也曾略略地研究过他们的心理，虽然不能说很了解，但是像一个狂信者那样地做着自己想做的事情：这种态度我倒有些明白。有一个时候我也曾经是这样的孩子！

旧历大年初二，母亲出去拜客了。我穿着臃肿的黄缎子棉袍和花缎棉鞋，一个人躲在花园后面一个小天井里燃放地老鼠之类的花炮，不知道怎样竟将自己的棉鞋烧起来了。我当时不知道自己脱鞋，却只顾哭着叫人，等到老妈子来时，右脚上已经烧烂了一块，以后又误于庸医，于是躺在床上呻吟了两三个月。我后来身体不健康，跟这件事情多少有点关系。

但是不管这个，我当时仍然过得很幸福，脚一好我也就把那件事情忘掉了。我一天关在书房里念那些不懂的书，一有机会就溜出来玩，到年底听说要放年假，心里的快活简直是无法形容的。孩子们喜欢新年，因为新年里热闹，而且可以毫无顾忌地痛快玩个十多天。

在那些时候我做过种种黄金似的好梦；但是我决不曾想到世界上会有这种种的事情，像我现在所看见的。那时我也曾有过能够早早长大的愿望。但是长大到了现在，孩童时代的幻梦都跟着年光流去了，只剩下这一颗满是创伤的心。而且当时我所爱过、恨过的人大半都早已安睡在寂寞的坟墓里面了。我是踏着尸骸走过长途，越过万重山而达到现在这个地方的。

黄金的童年啊！如果真像一般人那样感叹地这么想着，那真是"往事不堪回首"了！

所以四十几年前逝世的诗人拉特松①有过一首叫作《床边》的诗：

> 孩子，在温暖、柔软的小床中，
> 你在梦中发出了这样的低语：
> "啊，上帝啊，我什么时候才会长大呢？
> 啊，只要人能够生长得更快一点啊！
> 那些讨厌的功课，我不要再学了，
> 那些讨厌的琴调，我不要再练了；
> 我要常常去找朋友们玩呢，
> 我要常常到花园里去散步呢！"
> 我正埋着头做事，便带了忧郁的微笑，

---

① 指谢·雅·拉特松（1862—1887），俄罗斯诗人。

默默地倾听着你的话语……

睡罢！我的宝贝，趁你还在父亲的保护下

不曾知道世间种种烦恼的时候……

睡罢，我的小鸟！那严酷的时光

无情地快快飞去了，并不肯等着谁……

生活常常是一副重担。

光荣的童年就像一个假日，会去得很快……

要是我能和你调换一下，那是多么快活：

我只愿能像你那样快乐，歌唱，

我只愿能像你那样高兴地笑，

吵闹地玩，无忧无虑地四处观看！

    这不是在译诗，这只能算是直译俄文的意思。我奇怪拉特松怎么会写出这样的诗！他一共不过活了二十五岁，即使这诗是临死的那年写的，也嫌早了一点。二十五岁的人无论如何不应该说这样的话。他死得早，大概因为他的心被这种忧郁蚕食了。

    我跟他不同。我虽然有"一颗满是创伤的心"，但是我仍愿带着这颗心去走险途。我并不愿意年光倒流重返到儿时去，纵使这儿时真如一般人所说，是梦一般地美丽。孩子是生活在这个世界里而看不见这个世界的人。但这个世界存在而且支配着他的事实，却是铁铸一般地无可改变的。

做一个盲人好呢，还是做一个因为有眼睛而痛苦的人？我当然选取后者。而且我还想为这种痛苦做一点点事情。

在这一点上我倒应该给拉特松一个公道。因为先前忘记说下去，在中途便停止了。拉特松也写过像《那些心里还存在着对于黎明的将来的愿望的人，醒来罢！》（多么长的一个题目！）一类的诗，有着"和夜的黑暗斗争，好让阳光重新普照大地"的句子。并且据说拉特松有一个时期也很为青年们所欢迎，他的诗集也销过二三十版，因为他表现了当时青年的热望——爱被虐待受侮辱的同胞，为崇高的理想，为自由、平等、博爱而奋斗。但可惜的是那些诗我还不曾有机会读过。他的诗我只读了四首。

算到现在为止，我已经比拉特松多活了好几年了。我对于同时代的青年的热望，又做过什么事情呢？我们这时代的青年的热望不也就是——爱那被虐待受侮辱的同胞，为自由、平等、博爱而奋斗吗？

固然我写过几本小说之类的东西（我只说类似小说，因为也许有些正统派的小说家从艺术的观点来看，说它们并不是小说），但那是多么微弱的呼声啊！所以在回顾快要过去的一九三四年的时候，我又不觉为这一年光阴的浪费而感到痛悔了。

做孩子的时候，每到元旦，总要给父亲逼着在红纸条上写几个恭楷字，作为元旦试笔。如今父亲已经在坟墓里做了十几年的好梦，再也没有人来逼我写这一类的东西了。想到这里我似乎应当有一点点感伤。但是我并没有。也许我这颗心给生活的洪炉炼成了钢铁了。

1934 年 12 月在横滨

月　夜

　　有月亮，天空又很清朗，虽然十二月的晚风吹到人身上也有冷意了，我吃过晚饭，依旧高兴地穿着高屐子一个人在屋前小小的园子里散步。

　　山下面的人家都燃着灯，但大半被树木遮住了，只有星点似的光送到我的眼里来。一层薄雾盖着它们，不，不仅罩着这些灯火，并且还罩着山下面静静的街市。

　　清朗的天空中除了半圆月外，还稀疏地点缀了一些星星。在这房屋的正对面，闪烁着猎户星座的七颗明星；挂在四个角下方的猎户甲星，就是那较大的一颗，只有它在这无云的蓝空里放射着红光。远远地在天际是那一片海，白蒙蒙地在冷月下面发光。

望着这星，望着这海，我不禁想起日光岩下的美丽的岛上风光了，我不用"往事"这个带感伤性的字眼。

不止一次，我在日光岩下的岛上看过这七颗永不会坠落的星，看过和这海相似的海。那些时候我都是跟朋友们在一起的。那些朋友的年纪和我的差不多。

就像怀了移山之志的愚公一样，我们这一群年轻人把为人类找幸福的船这个重担子不量力地放在肩上胡乱地忙碌过了。我是最不中用的人，但是生活在那些朋友的中间我也曾过了一些幸福的日子。

龙眼花开的时候，我也曾嗅着迷人的南方的香气；繁星的夜里我也曾坐了划子在海上看星星。我也曾跨过生着龙舌兰的颓垣。我也曾打着火把走过黑暗的窄巷。我也曾踏着长春树的绿影子，捧着大把龙眼剥着吃，走过一些小村镇。我也曾在海滨的旅馆里听着隔房南国女郎弹奏的南方音乐，推开窗户就听见从海边码头上送来的年轻男女的笑声。

这些也许会引起年轻诗人的灵感罢。可是我们当时却怀着兴奋和紧张的心情，或者说起来就想流泪似的感动。山水的美丽在我们的眼前都变得渺小了。我们的眼睛所看见的只是那在新的巨灵前战栗着的旧社会的垂死的状态。

时间是骎骎地驰过去了。我们的努力也跟着时间逝去了。一堆废墟留在我们后面，使得好些人叹息。我们不能不承认失败了。也许还有人会因为这个灰心罢，我不知道。我自己在一阵绝望之际也曾发出过痛苦的叫号。……

如今在这安静的月夜里，望着眼前这陌生的，但又美丽的景物，望着天际的和日光岩下的海面类似的海，望着那七颗随时随地都看见的猎户星，虽然因此想到了以前的一切和现在横在那里的废墟，我也没有一点感伤，反而我又一次在这里听见旧社会的垂死的呻吟了。同时在朦胧的夜雾中，我看见了新的巨灵像背负地球的阿特拉斯①那样在空中立着。这新的巨灵快要来了罢。他会来完成我们所不能完成的一切！

1935年2月在横滨

---

① 希腊神话中的巨人，被罚用头和双手（一说法用两肩）支撑天空。

 做一个战士

一个年轻的朋友写信问我:"应该做一个什么样的人?"我回答他:"做一个战士。"

另一个朋友问我:"怎样对付生活?"我仍旧答道:"做一个战士。"

《战士颂》的作者①曾经写过这样的话:

我激荡在这绵绵不息、滂沱四方的生命洪流中,我就应该追逐这洪流,而且追过它,自己去造更广、更深的洪流。

我如果是一盏灯,这灯的用处便是照彻那多量

---

① 指亡友陈范予(1900—1941)。

的黑暗。我如果是海潮，便要鼓起波涛去洗涤海边一切陈腐的积物。

这一段话很恰当地写出了战士的心情。

在这个时代，战士是最需要的。但是这样的战士并不一定要持枪上战场。他的武器也不一定是枪弹。他的武器还可以是知识、信仰和坚强的意志。他并不一定要流仇敌的血，却能更有把握地致敌人的死命。

战士是永远追求光明的。他并不躺在晴空下享受阳光，却在暗夜里燃起火炬，给人们照亮道路，使他们走向黎明。驱散黑暗，这是战士的任务。他不躲避黑暗，却要面对黑暗，跟躲藏在阴影里的魑魅、魍魉搏斗。他要消灭它们而取得光明。战士是不知道妥协的。他得不到光明便不会停止战斗。

战士是永远年轻的。他不犹豫，不休息。他深入人丛中，找寻苍蝇、毒蚊等等危害人类的东西。他不断地攻击它们，不肯与它们共同生存在一个天空下面。对于战士，生活就是不停地战斗。他不是取得光明而生存，便是带着满身伤痕而死去。在战斗中力量只有增长，信仰只有加强。在战斗中给战士指路的是"未来"，"未来"给人以希望和鼓舞。战士永远不会失去青春的活力。

海上日出

战士是不知道灰心与绝望的。他甚至在失败的废墟上，还要堆起破碎的砖石重建九级宝塔。任何打击都不能击破战士的意志。只有在死的时候他才闭上眼睛。

战士是不知道畏缩的。他的脚步很坚定。他看定目标，便一直向前走去。他不怕被绊脚石摔倒，没有一种障碍能使他改变心思。假象绝不能迷住战士的眼睛，支配战士的行动的是信仰。他能够忍受一切艰难、痛苦，而达到他所选定的目标。除非他死，人不能使他放弃工作。

这便是我们现在需要的战士。这样的战士并不一定具有超人的能力。他是一个平凡的人。每个人都可以做战士，只要他有决心。所以我用"做一个战士"的话来激励那些在徬徨、苦闷中的年轻朋友。

1938年7月16日在上海

桂林的微雨

绵绵的细雨成天落着。昨晚以为天就会放晴,今天在枕上又听见了叫人厌烦的一滴一滴的雨声。心里想:这样一滴一滴地滴着,要滴到什么时候为止呢?起来看天,天永远板着脸,在那上面看不见笑的痕迹。我不再存什么希望了。让它落罢,这样一想,心倒沉静下来,窗外有人讲话。我无意间听见一个本地口音说:

"这种天气谓之好天气。"接着是哈哈的笑声。低的气压似乎被这笑声冲破了。我觉得心境略为畅快。

我初来这里正遇着这样的"好天气"。我觉得烦躁,我感到窒闷。那单调的滴不断似的雨声仿佛打在我的心上,我深夜梦回时不禁奇怪地想:难道我的心是坚厚冷硬的石板?

为什么我的心上也响起那同样的声音？

我走在街上，雨水把我的头发打湿，黏成一片。眼前似乎罩了一层雾。我的脚踩进泥水中了。我是在两个半月以前，还是在今天？……我要去找那个书店，看那三张善良的年轻面孔。我以为我就要走到了。

但是，啊，街道忽然缩短了，凭空添了一大片空地。我看不见那个走熟了的书店的影子。于是一道亮光在脑中掠过，另一个景象在眼前出现了。我觉得自己被包围在火焰中。一股一股的焦臭迎面扑来，我的眼睛被烟熏得快要流出眼泪。没有落雨，但是马路给浸湿了。人在跑，手里提着、捧着东西。大堆的书凌乱地堆在路中间。一个女人又焦急又气愤地对两个伸着手的人说："人家房子都快烧光了，你们还忙着要钱！"她红着脸把手伸进怀里去掏钱。我在这个女人的脸上见到熟人的面容了。我一定在什么地方见过她。不，我应该说是见过这张面孔，这样的表情我在我走过的每一个中国的地方都目击过。这里有悲愤，有痛苦，有焦虑，但是还有一种坚忍的力量……

我再往前走，我仿佛还走在和平的街上。但是一瞬间景象完全改变了。我不得不停止脚步。再没有和平。有的是火焰，窒息呼吸、蒙蔽视线的火焰。墙坍下来，门楼带着火摇摇欲坠；木头和砖瓦堆在新造成的废墟上，像寒夜原野中的篝火似的燃烧着。是这样大的篝火。烧残的书页散落在地上。我要去的那个书店完全做了燃料，我找不到一点遗迹了。

"走，走！"警察在驱逐那些旁观的人。黑色的警帽下闪露着多么深的苦恼和愤怒。……我忽然醒过来了。

我又从一个月以前的日子回到今天来了。雨丝打湿了我的头发。眼镜片上聚着三五滴雨点。我一双鞋底穿了洞的皮鞋在泥泞的道路上擦来磨去。刚刚亮起来的街灯和快要灭尽的白日光线给我指路。迎面走过来两三个撑伞的行人。我经过商务印书馆，整洁的门面完好如旧。我走过中华书局，我看不见非常的景象。但是过了新知书店再往前走……怎么我要去的那个书店不见了？还有我去过的一位朋友的家也不知道连屋瓦都搬到了何处去！剩下的是一片荒凉。几面残剩的危墙应当是那些悲惨的故事的目击者。它们将告诉我一些什么呢？

我站在一堵烧焦了的灰黑的墙壁下，我仰起头去望上面。长的、蛛丝一般的雨打湿了我的头发。墙壁冷酷地立在那里。雨丝洗不去火烧的痕迹。雨落得太迟了！墙壁也许是一个哑子，它在受了那样的残害以后还不肯叫出：复仇！

我觉得土地在我的脚下开始摇动了。墙壁在我的眼前倾塌下来。不。没有声音，墙壁车轮似的打了一个转，雨水一下子全干了。墙头发生了火。火毕剥毕剥地燃着。……我又回到一个月以前的日子了。

　　夜色突然覆盖了整个城市。但是蓝空却有一段红的天。红色的火光舔着天幕。火光升起来，落下去，又升起来。这时风势已经减弱了。但是凉风吹过，门楼、屋梁、墙头忽然发出巨响，山崩似的向着新的废墟倒下来。火仍在燃烧，火星差不多要飞到我的棉袍上面。我们穿过一条尚在焚烧的巷子，发出热气的墙壁和还在燃烧的瓦砾使我的额上冒汗了。瓦砾堵塞了平时的道路，我们是踏着火焰走过去的。一个朋友要去探望他那个淹没在火海中的故居，可是那里连作为界限的墙壁也不存在了。他立在一片还在冒烟的瓦砾前搔着头在记忆中找寻帮助。他很快地认出了地点，俯下身子想在砖石堆中挖出一两件他所喜欢的东西。我帮忙他找寻那只画眉的尸骸，却看见已经失了形的打字机的遗体。他自己在另一处找到了鸟笼的烧焦的碎片，他珍惜地用两根手指提起它，说："你看，不是在这里吗？"我这时仿佛听见了那只可怜的鸟的最后哀鸣。

　　"你们找东西的明天来。现在火还没有熄，不好翻。"对面的房屋还是完好的。它能够巍然单独存在于废墟的中间，大概因为它有高的风火墙罢。在门前坐着一个人。上面的话就是从他的口中发出来的。

"我们来找自己的东西。"朋友回答了一句。

"没有人敢来拿东西的，我们在这里给你们看守。有人挑水去了。你看这边那边都还有火。你们明天来罢！"那个守夜的人说。

这个响亮的声音打破了我的梦。我回顾四周，没有朋友，没有守夜的人。现在不是在夜间，我也不要找人和物件。我不要到这里来。但是回忆把我不知不觉地引到这里来了。

我走过环湖路，雨较大了。冰凉的雨点打在我的脸上。脚总是踩在水荡里。雨水已经浸入鞋底，把袜子打湿了。但是鞋底还常常被泥水粘住，好几次要把身体忽然失去平衡的我拖倒在地上。我听见旁边一个年轻人说："这样的天气真讨厌！"

"讨厌？这算是好天气呢！在这种天气是不会有警报的。"另一个人高声回答。

我已经走过洋桥，更往南走了。我忽然觉得身子轻松，路很快地在我的脚下退去。天晚了。我看见夜幕张开来。雨立刻停止。代替的是火。火又来了。时间一下便跳了回去。

马路上积着水，堆着碎砖，躺着断木，横着电线。整条整条街都只剩下摇晃的墙壁和燃烧的门楼。没有人家。没有从窗户映出的灯光。没有和平的市声。桂林成了一个大的火葬场。耸立的颓垣便是无数的火柱。已经燃烧了五六个钟点了。一家旅馆，我到那里去过两次，那是许多朋友的临时的住家，我看见火在巍峨的门楼上舐着舐着，终于烧断了它，让砖石和焦木带着千万点火星向着我们这面坍下来。是发雷的响声，接着又是许多石块落地的声音。火星向四处放射，像花炮一样。但是在废墟上黑暗的墙角里一个男人尖声叫喊："救命！"

许多人奔过去，人们乱嚷："拿电筒来，拿电筒来！"

电筒！我一怔：我手里不是捏着电筒吗？我正要跑过去。但是——我的眼前只有寂寞的废墟，而且被罩在夜幕下面了。我用电筒去照，廉价的小灯泡突然灭了。我才记起来火已经熄了将近一个月了。

"好天气？哼。真正闷死人！我宁肯要晴天，即使飞机来炸，我们也不怕。凭它飞机怎么狠，它能够把我们四万万五千万人炸光吗？"

还是先前那个年轻人，怎么我跟了他们到这里来了？怎么他到现在还谈着那同样的话题？我觉得奇怪。这个人究竟是什么人呢？我想看他一眼。我随手举起电筒，按着电钮。然而没有亮。我才记起我的电筒不亮了。我无法看清楚那个人的脸。我想大概不是做梦罢，也就不再去注意他了。

电筒不亮，就打消了我再往前走的心思。其实这句话也不对。我有点害怕我会再落到一个月以前的日子里，让那些永不能忘记的景象再度将我的心熬煎。

回到家里，我看见一个月以前自己写在一张破纸上的潦草的字迹：

什么时候才是我们的复仇的日子呢？什么时候应该我们站出来对那些人说"下来，你们都下来！停止这卑怯的谋杀行为，像一个人那样和我们面对面地肉搏"呢？什么时候轮到我们升到天空去将那些刽子手全打下来呢？

血不能白流，痛苦应该有补偿，牺牲不会是徒然，那样的日子一定会到来！……

我相信自己的话。

1939年1月下旬在桂林

 黑　　土

乔治·布朗德斯①在他的《俄罗斯印象记》的末尾写过这样的话：

"黑土，肥沃的土地，新的土地，百谷的土地……给人们心中充满了悒郁和希望的广阔无垠的原野……"

我只记得这两句，因为它们深深地感动了我。我也知道一些关于黑土的事。

① 丹麦文艺批评家，通译为勃兰兑斯。

我在短篇小说《将军》里借着中国茶房的嘴说了一个黑土的故事：一个流落在上海的俄国人，常常带着一个小袋子到咖啡店去，"一个人坐在角落里，要了一杯咖啡，就从袋子里倒出了一些东西……全是土，全是黑土。他把土全倒在桌上，就望着土流眼泪"。他有一次还对那个中国茶房说："这是俄罗斯母亲的黑土。"

这是真实的故事，我在巴黎听见一个朋友对我讲的。他在那里一家白俄的咖啡店里看见这个可感动的情景。我以后也在一部法国影片里见到和这类似的场面。对着黑土垂泪，这不仅是普通怀乡病的表现，这里面应该含着深的悒郁和希望。

我每次想起黑土的故事，我就仿佛看见：

那黑土一粒一粒、一堆一堆地在眼前伸展出去，成了一片无垠的大草原，沉默的，坚强的，连续不断的，孕育着一切的，在那上面动着无数的黑影，沉默的，坚强的，劳苦的……

这幻景我后来也写在小说《将军》里面了。我不是农人，但是我也有对土地的深爱；我没见过俄罗斯黑土，不过我也能了解对黑土垂泪的心情。沉默的，肥沃的，广阔无垠的，孕育着一切的黑的土地确实能够牵系着朴实的人的心。我可以想象那两只粗大的手一触到堆在沾染着大都市油气的

海上日出

桌面上的黑土，手指一定会触电似的颤动起来，那小堆的黑土应该还带着草原的芬芳罢，它们是从"俄罗斯母亲"那里来的。

不错，我们每个人（不管我们的国籍如何）都从土地里出来，又要回到土地里去。我们都是土地的儿女。土地是我们的母亲。

但是我想到了红土。对于红土的故事我是永不能忘记的。在我的文章里常常有"耀眼的红土"的句子。的确我们的南方的土地给我的印象太深了。我一生中最快乐的日子（可惜非常短促）就是在那样的土地上度过的。

土的颜色说是红，也许不恰当，或者实际上是赭石，再不然便是深黄。但是它们最初给我的印象是红色，而且在我的眼前发亮。

我好几次和朋友们坐在车子里，看着一座一座的小山往我们的后面退去。车子在新的、柔软的红土上面滚动。在那一片明亮的红色上点缀着五月的新绿。不，我应该说一丛一丛的展示着生命的美丽的相思树散布在我们的四周。它们飘过我的眼前，又往我身后飞驰去了。茂盛的树叶给了我不少的希望，它们为我证实了朋友们的话；红色的土壤驱散了我

49

从上海带来的悒郁。我的心跟着车轮的滚动变得愈年轻了。朋友们还带着乐观不住地讲述他们的故事。我渐渐地被引入另一个境界里去了，我仿佛就生活在他们的故事中间。

是的，有一个时候，我的确在那些好心的友人中间过了一些日子，我自己也仿佛成了故事中的人物。白天在荒凉的园子里草地上，或者寂寞的公园里凉亭的栏杆上，我们兴奋地谈论着那些使我们的血沸腾的问题。晚上我们打着火把，走过黑暗的窄巷，听见带着威胁似的狗吠，到一个古老的院子去捶油漆脱落的木门。在那个阴暗的旧式房间里，围着一盏发出微光的煤油灯，大家怀着献身的热情，准备找一个机会牺牲自己。

但是我们这里并没有正人君子，我们都不是注重形式的人。这里有紧张的时刻，也有欢笑的时刻。我甚至可以说紧张和欢笑是常常混合在一起的。公园里生长着许多株龙眼树，学校里也有。我们走过石板巷的时候，还看得见茂盛的龙眼枝从古老院子的垣墙里垂到外面来。我见过龙眼花开的时候，我也见过龙眼果熟的时节。在八月里我们常常爬到树上摘下不少带果的枝子，放在公园凉亭的栏杆上，大家欢笑地剥着龙眼果吃；或者走在石板巷里我们伸手就可以攀折一些龙眼枝，一路上吃着尚未熟透的果实。我们踏着长春树的

海上日出

绿影子，踏着雨后的柔软的红土，嗅着牛粪气味和草香，走过一些小村镇，拜望在另一个地方工作的友人。在受着他的诚挚的款待中，我们愉快地谈着彼此的情况。

有一次我和另一个朋友在大太阳下的红土上走了十多里路，去访问一个友人的学校。我们的衬衫被汗水浸透了，但是我们不曾感到丝毫的疲倦。我们到了那个陌生的地方，新奇的景象使我们的眼睛忙碌，两三个小时的谈话增加了我的兴奋。几十个天真孩子的善良的面孔使我更加相信未来。在这里我看见那个跟我分别了两年的友人。她已经改变得多了。她以工作的热心获得了友人的信赖。她经过那些风波，受过那些打击，甚至寂寞地在医院里躺了将近一年以后，她怀着一颗被幻灭的爱情伤害了的心，来到这个陌生的地方，在一群她原先并不认识的友人中间生活了一些时候，如今却以另一种新姿态出现了。这似乎是奇迹。但是这里的朋友都觉得这件事情很平常。是的，许多事情在这个地方都成为平常的了。复杂的关系变成简单。人和人全以赤诚的心相见。人了解他（或她）的朋友，好像看见了那个人的心。这里是一个和睦的家庭，我们都是兄弟姊妹。在欧洲小说中常常见到的友情在南国的红土上开放了美丽的花朵。

在这里每个人都不会为他个人的事情烦心，每个人都没有一点顾虑。我们的目标是"群",是"事业";我们的口号是"坦白"。

在那些时候,我简直忘掉了寂寞,忘掉了一切的阴影。个人融合在群体中间,我的"自己"也在那些大量的友人中间消失了。友爱包围着我,也包围着这里的每一个人。这是互相的,而且是自发的。因为我是从远方来的客人,他们对我特别爱护。

我本来应该留在他们中间工作,但是另一些事情把我拉开了。我可以说是有着两个"自己"。另一个自己却鼓舞我在文字上消磨生命。我服从了他,我写下一本、一本的小说。但是我也有悔恨的时候,悔恨使我又写出一些回忆和一些责备自己的文章。

悔恨又把我的心牵引到南方去。我的脚有时也跟着心走。我的脚两次、三次重踏上南国的红土。我老实说,当那鲜艳的红土在无所不照的阳光下面灿烂地发亮的时候,我真要像《东方寓言集》里的赫三那样跪下去吻那可爱的土地。我仿佛是一个游子又回到慈母的怀中来了。

现在我偷闲躲在书斋里写这一段回忆。我没有看见那红土又有几年了。我的心至今还依恋着那个地方和那些友人。每当这样的怀念折磨我的时候,我的眼前就隐约地现出了那个地方的情景。红土一粒一粒、一堆一堆地伸展出去，成了一片无垠的大原野，在这孕育着一切的土地上活动着无数真挚的、勇敢的年轻人的影子。我认识他们，他们是我的朋友。我的心由于感动和希望而微微地颤抖了。我也想照布朗德斯那样地赞叹道：

"红土，肥沃的土地，新的土地，百谷的土地……给人们心中充满了快乐和希望的广阔无垠的原野……"

我用了"快乐"代替布朗德斯的"悒郁"，因为时代不同了，因为我们南方的青年是不知道"悒郁"的。

但是在那灿烂的红土上开始出现了敌人铁骑的影子了。那许多年轻人会牺牲一切，保卫他们的可爱的土地。我想象着那如火如荼的斗争。

有一天我也会响应他们的呼唤，再到那里去。

1939年春在上海

静寂的园子

没有听见房东家的狗的声音。现在园子里非常静。那棵不知名的五瓣的白色小花仍然寂寞地开着。阳光照在松枝和盆中的花树上,给那些绿叶涂上金黄色。天是晴朗的,我不用抬起眼睛就知道头上是晴空万里。

忽然我听见洋铁瓦沟上有铃子响声,抬起头,看见两只松鼠正从瓦上溜下来,这两只小生物在松枝上互相追逐取乐。它们的绒线球似的大尾巴,它们的可爱的小黑眼睛,它们颈项上的小铃子吸引了我的注意。我索性不转睛地望着窗外。但是它们跑了两三转,又从藤萝架回到屋瓦上,一瞬间就消失了,依旧把这个静寂的园子留给我。

我刚刚埋下头,又听见小鸟的叫声。我再看,桂树枝上立着一只青灰色的白头小鸟，昂起头得意地歌唱。屋顶的电灯线上，还有一对麻雀在吱吱喳喳地讲话。

我不了解这样的语言。但是我在鸟声里听出了一种安闲的快乐。它们要告诉我的一定是它们的喜悦的感情。可惜我不能回答它们。我把手一挥，它们就飞走了。我的话不能使它们留住，它们留给我一个园子的静寂。不过我知道它们过一阵又会回来的。

现在我觉得我是这个园子里唯一的生物了。我坐在书桌前俯下头写字，没有一点声音来打扰我。我正可以把整个心放在纸上。但是我渐渐地烦躁起来。这静寂像一只手慢慢地挨近我的咽喉。我感到呼吸不畅快了。这是不自然的静寂。这是一种灾祸的预兆，就像暴雨到来前那种沉闷静止的空气一样。

我似乎在等待什么东西。我有一种不安定的感觉，我不能够静下心来。我一定是在等待什么东西。我在等待空袭警报；或者我在等待房东家的狗吠声，这就是说，预行警报已经解除，不会有空袭警报响起来，我用不着准备听见凄厉的汽笛声（空袭警报）就锁门出去。近半月来晴天有警报差不多成了常例。

可是我的等待并没有结果。小鸟回来后又走了；松鼠们也来过一次，但又追逐地跑上屋顶，我不知道它们消失在什么地方。从我看不见的正面楼房屋顶上送过来一阵咭咭的乌鸦叫。这些小生物不知道人间的事情，它们不会带给我什么信息。

我写到上面的一段，空袭警报就响了。我的等待果然没有落空。这时我觉得空气在动了。我听见巷外大街上汽车的叫声。我又听见飞机的发动机声，这大概是民航机飞出去躲警报。有时我们的驱逐机也会在这种时候排队飞出，等着攻击敌机。我不能再写了，便拿了一本书锁上园门，匆匆地走到外面去。

在城门口经过一阵可怕的拥挤后，我终于到了郊外。在那里耽搁了两个多钟头，和几个朋友在一起，还在草地上吃了他们带出去的午餐。警报解除后，我回来，打开锁，推开园门，迎面扑来的仍然是一个园子的静寂。

我回到房间，回到书桌前面，打开玻璃窗，在继续执笔前还看看窗外。树上，地上，满个园子都是阳光。墙角一丛观音竹微微地在飘动它们的尖叶。一只大苍蝇带着嗡嗡声从开着的窗飞进房来，在我的头上盘旋。一两只乌鸦在我看不见的地方叫。一只黄色小蝴蝶在白色小花间飞舞。忽然一阵奇怪的声音在对面屋瓦上响起来，又是那两只松鼠从高墙沿着洋铁滴水管溜下来。它们跑到那个支持松树的木架上，又跑到架子脚边有假山的水池的石栏杆下，在那里追逐了一回，又沿着木架跑上松枝，隐在松叶后面了。松叶动起来，桂树的小枝也动了，一只绿色小鸟刚刚歇在那上面。

狗的声音还是听不见。我向右侧着身子去看那条没有阳光的窄小过道。房东家的小门紧紧地闭着。这些时候那里就没有一点声音。大概这家人大清早就到城外躲警报去了，现在还不曾回来。他们回来恐怕在太阳落坡的时候。那条肥壮的黄狗一定也跟着他们"疏散"了，否则会有狗抓门的声音送进我的耳里来。

我又坐在窗前写了这许多字。还是只有乌鸦和小鸟的叫声陪伴我。苍蝇的嗡嗡声早已寂灭了。现在在屋角又响起了老鼠啃东西的声音。都是响一回又静一回的，在这个受着轰炸威胁的城市里，我感到了寂寞。

然而像一把刀要划破万里晴空似的，嘹亮的机声突然响起来。这是我们自己的飞机。声音多么雄壮，它扫除了这个园子的静寂。我要放下笔到庭院中去看天空，看那些背负着金色阳光在蓝空里闪耀的灰色大蜻蜓。那是多么美丽的景象。

1940 年 10 月 11 日在昆明

风

二十几年前,我羡慕"列子御风而行"[①],我极愿腋下生出双翼,像一只鸷鸟自由地在天空飞翔。

现在我有时仍做着飞翔的梦,没有翅膀,我用两手鼓风。然而睁开眼睛,我还是郁闷地躺在床上,两只手十分疲倦,仿佛被绳子缚住似的。于是,我发出一二声绝望的叹息。

做孩子的时候,我和几个同伴都喜欢在大风中游戏。风吹起我们的衣襟,风吹动我们的衣袖。我们张着双手,顺着风势奔跑,仿佛身子轻了许多,就像给风吹在空中一般。当时自己觉得是在飞了。因此从小时候起我就喜欢风。

后来进学校读书,我和一个哥哥早晚要走相当远的路。

[①] 出自《庄子·逍遥游》:"夫列子御风而行,泠然善也,旬有五日而后反。"

雨天遇着风,我们就用伞跟风斗争。风要拿走我们的伞,我们不放松;风要留住我们的脚步,我们却往前走。跟风斗争,是一件颇为吃力的事。但是我们从这个也得到了乐趣,而且不用说,我们的斗争是得到胜利的。

这也是很久以前的事了。不过现在回想起还是值得怀念的。

可惜我不曾见过飓风。去年坐海船,为避飓风,船在福州湾停了一天半。天气闷热,海面平静,连风的影子也没有。船上的旗纹丝不动,后来听说飓风改道走了。

在海上,有风的时候,波浪不停地起伏,高起来像一座山,而且开满了白花。落下去又像一张大嘴,要吞食眼前的一切。轮船就在这一起一伏之间慢慢地前进。船身摇晃,上层的桅杆、绳梯之类,私语似的吱吱喳喳响个不停。这情景我是经历过的。

但是我没有见过轮船被风吹在海面飘浮,失却航路,船上一部分东西随着风沉入海底。我不曾有过这样的经验。

今年我过了好些炎热的日子。有人说是奇热,有人说是闷热,总之是热。没有一点风声,没有一丝雨意。人发喘,狗吐舌头,连蝉声也像哑了似的,我窒息得快要闭气了。在这些时候我只有一个愿望:起一阵大风,或者下一阵大雨。

1941 年 7 月 9 日在昆明

雷

灰暗的天空里忽然亮起一道"火闪"①,接着就是那好像要打碎万物似的一声霹雳,于是一切又落在宁静的状态中,等待着第二道闪电来划破长空,第二声响雷来打破郁闷。闪电一股亮似一股,雷声一次高过一次。

在夏天的傍晚,我常见到这样的景象。

小时候我怕听雷声;过了十岁我不再因响雷而战栗;现在我爱听那一声好像要把人全身骨骼都要震脱节似的晴空霹雳。

算起来,该是很久以前的事了。我还是个四五岁的孩子,跟着父母住在广元县的衙门里。一天晚上,在三堂后面房里

---

① 四川方言,指闪电。

一张宽大的床上,我忽然被一声巨响惊醒了。房里没有别人,我睡眼蒙眬中只见窗外一片火光,仿佛房屋就要倒塌下来似的。我恐怖地大声哭起来,直到女佣杨嫂进屋来安慰我,让我闭上眼睛,再进到梦里去。在这以后只要雷声一响,我就觉得眼前的一切都会马上崩塌,好像已经到了世界的末日了。不过那时我的世界就只是一个衙门。

这是我害怕雷声的开始。我的畏惧不断地增加。衙门里的女佣、听差们对这增加是有功劳的。从他们那里我知道了许多关于雷公的故事。有一个年老的女佣甚至告诉我:雷声一响,必震死一个人。所以每次听见轰轰雷声,我便担心着:不晓得又有谁受到处罚了。雷打死人的事在广元县就有过,我当时不能够知道它的原因,却相信别人眼见的事实。

年纪稍长,我又知道了雷震子的故事。雷公原来有着这样一个相貌:一张尖尖的鸟嘴,两只肉翅,蓝脸赤发,拿着铜锤满天飞。这知识是从《封神榜》里得来的。不知道为什么我喜欢这相貌,我倒想见见他。我的畏惧减少了些,因为我在《封神榜》中看出来雷震子毕竟带有人性,还是可以亲近的,虽然他有着那样奇怪的形状。

再后,我的眼睛睁大了。我明白了许多事情。我也看穿了神和鬼的谜。我不再害怕空虚的事物,也不再畏惧自然界的现象。跟着年岁的增长，我的脚跟也站得比较稳了。即使立在天井里，望着一个响雷迎头劈下，我也不会改变脸色，或者惶恐地奔入室内。从此我开始骄傲：我已经到了连巨雷也打不倒的年龄了。

更后，雷声又给我带来一种新的感觉。每次听见那一声巨响，我便感到无比地畅快，仿佛潜伏在我全身的郁闷都给这一个霹雳震得无踪无影似的。等到它的余音消散，我抖抖身子，觉得十分轻松。我常常想，要是没有这样的巨声，我多半已经埋葬在窒息的空气中了。

去年，一个昆明的夏夜里，我睡在某友人的宿舍中，两张床对面安放。房间很小，开着一扇窗。我们喝了一点杂果酒，睡下来，觉得屋内闷热，空气停滞，只有蚊虫的嗡嗡声不断地在耳边吵闹。不知过了若干时候，我才昏沉沉地进入梦中。这睡眠是极不安适的，仿佛有一只大手重重地压在我的胸上。我想挣扎，却又无力动弹。忽然一声霹雳（我从未听见过这样的响雷！）把我从梦中抓起来。的确我在床上跳了一下。我看见一股火光，我还没有睡醒，我当时有点惊恐，还以为一颗炸弹在屋顶爆炸了。那朋友也醒起来，他在唤我。我又听见荷拉荷拉的雨声。"好大的一个雷！"朋友惊叹地说。我应了一句，我觉得空气变得十分清凉，心里也非常爽快，我可以自由地呼吸了。

今年在重庆听见一次春雷，是大炮一类的轰隆轰隆声。"春雷一声，蛰虫咸动。"我想起那些冬眠的小生命听见这声音便从长梦中醒起来，又开始一年的活动，觉得很高兴。我甚至想象着：它们中间有的怎样睁开小眼睛，转头四顾，怎样伸一个懒腰，打一个呵欠，然后一跳，就跳到地面上来。于是一下子地面上便布满了生命，就像小说《镜花缘》中的故事：因为女皇武则天的诏令，只有一夜的工夫，在浓冬里宫中百花齐放，锦绣似的装饰了整个园子。这的确是很有趣的。

1941 年 7 月 16 日

雨

窗外露台上正摊开一片阳光，我抬起头还可以看见屋瓦上的一段蔚蓝天。好些日子没有见到这样晴朗的天气了。早晨我站在露台上昂头接受最初的阳光，我觉得我的身子一下就变得十分轻快似的。我想起了那个意大利朋友的故事。

路易居·发布里在几年前病逝的时候，不过四十几岁。他是意大利的亡命者，也是独裁者墨索里尼的不能和解的敌人。他想不到他没有看见自由的意大利，在那样轻的年纪，就永闭了眼睛。一九二七年春天在那个多雨的巴黎城里，某一个早上阳光照进了他的房间，他特别高兴地指着阳光说，这是一件了不起的可喜的事。我了解他的心情，他是南欧的人，是从阳光常照的意大利来的。见到在巴黎的春天里少见

海上日出

的日光,他又想起故乡的蓝天了。他为着自由舍弃了蓝天;他为着自由贡献了一生的精力。可是自由和蓝天两样,他都没有能够再见。

我也像发布里那样地热爱阳光。但有时我也酷爱阴雨。

十几年来,不打伞在雨下走路,这样的事在我不知有过多少次。就是在一九二七年,当发布里抱怨巴黎缺少阳光的时候,我还时常冒着微雨,在黄昏、在夜晚走到国葬院前面卢骚的像脚下,向那个被称为"十八世纪世界的良心"的巨人吐露一个年轻异邦人的痛苦的胸怀。

我有一个应当说是不健全的性格。我常常吞下许多火种在肚里,我却还想保持心境的和平。有时火种在我的腹内燃烧起来。我受不住熬煎。我预感到一个可怕的爆发。为了浇熄这心火,我常常光着头走入雨湿的街道,让冰凉的雨洗我的烧脸。

水滴从头发间沿着我的脸颊流下来,雨点弄污了我的眼镜片。我的衣服渐渐地湿了。出现在我眼前的只是一片模糊的雨景,模糊……白茫茫的一片……我无目的地在街上走来走去。转弯时我也不注意我走进了什么街。我的脑子在想别的事情。我的脚认识路。走过一条街,又走过一条马路,我不留心街上的人和物,但是我没有被车撞伤,也不曾跌倒在地上。我脸上的眼睛看不见现实世界的时候，我的脚上却睁开了一双更亮的眼睛。我常常走了一个钟点，又走回到自己住的地方。

我回到家里，样子很狼狈。可是心里却爽快多了。仿佛心上积满的尘垢都给一阵大雨洗干净了似的。

我知道俄国人有过"借酒淹愁"的习惯。①我们的前辈也常说"借酒浇愁"。如今我却在"借雨洗愁"了。

我爱雨不是没有原因的。

1941 年 7 月 20 日

---

① 亚·赫尔岑的回忆录《往事与回忆》第五部中写道："俄国人的借酒淹愁的毛病并不像一般人所说的那样坏。昏沉的睡眠究竟比烦恼的失眠好……"

 星

在一本比利时短篇小说集里,我无意间见到这样的句子:

"星星,美丽的星星,你们是滚在无边的空间中,我也一样,我了解你们……是,我了解你们……我是一个人……一个能感觉的人……一个痛苦的人……星星,美丽的星星……"①

我明白这个比利时某车站小雇员的哀诉的心情。好些人都这样地对蓝空的星群讲过话。他们都是人世间的不幸者。

① 引自于尔拜·克安司的《红石竹花》。

星星永远给他们以无上的安慰。

在上海一个小小舞台上,我看见了屠格涅夫笔下的德国音乐家老伦蒙。他或者坐在钢琴前面,将最高贵的感情寄托在音乐中,呈献给一个人;或者立在蓝天底下,摇动他那白发飘飘的头,用赞叹的调子说着:"你这美丽的星星,你这纯洁的星星。"望着蓝空里眼瞳似的闪烁着的无数星子,他的眼睛润湿了。

我了解这个老音乐家的眼泪。这应该是灌溉灵魂的春雨罢。

在我的房间外面,有一段没有被屋瓦遮掩的蓝天。我抬起头可以望见嵌在天幕上的几颗明星。我常常出神地凝视着那些美丽的星星。它们像一个人的眼睛,带着深深的关心望着我,从不厌倦。这些眼睛每一眨动,就像赐与我一次祝福。

在我的天空里星星是不会坠落的。想到这,我的眼睛也湿了。

1941 年 7 月 22 日

 狗

小时候我害怕狗。记得有一回在新年里,我到二伯父家去玩。在他那个花园内,一条大黑狗追赶我,跑过几块花圃。后来我上了洋楼,才躲过这一场灾难,没有让狗嘴咬坏我的腿。

以后见着狗,我总是逃,它也总是追,而且屡屡望着我的影子狺狺狂吠。我愈怕,狗愈凶。

怕狗成了我的一种病。

我渐渐地长大起来。有一天不知道因为什么,我忽然觉得怕狗是很可耻的事情。看见狗我便站住,不再逃避。

我站住,狗也就站住。它望着我狂吠,它张大嘴,它做出要扑过来的样子。但是它并不朝着我前进一步。

它用怒目看我,我便也用怒目看它。它始终保持着我和它中间的距离。

这样地过了一阵子,我便转身走了。狗立刻追上来。

我回过头。狗马上站住了。它望着我恶叫,却不敢朝我扑过来。

"你的本事不过这一点点。"我这样想着,觉得胆子更大了。我用轻蔑的眼光看它,我顿脚,我对它吐出骂语。

它后退两步,这次倒是它露出了害怕的表情。它仍然汪汪地叫,可是叫声却不像先前那样地"恶"了。

我讨厌这种纠缠不清的叫声。我在地上拾起一块石子,就对准狗打过去。

石子打在狗的身上,狗哀叫一声,似乎什么地方痛了。它马上掉转身子夹着尾巴就跑,并不等我的第二块石子落到它的头上。

我望着逃去了的狗影,轻蔑地冷笑两声。

从此狗碰到我的石子就逃。

1941 年 7 月 24 日

# 寻 梦

我失去一个梦,半夜里我披衣起来四处找寻。

天昏昏,道路泥泞,我不知道应该走向什么地方。

前面是茫茫一片白雾,无边无际,我看不见路,也找不到脚迹。

后面也是茫茫一片白雾,雪似的埋葬了一切,我见不到一个人影。没有路。那么,梦会逃到什么地方去?

我仍然往前面走。我小心下着脚步,我担心会失脚跌进沟里。

我走到一家小店门前。柜台上一盏油灯,后面坐着一个白发老人。我向他打个招呼,问他是否见到我遗失的东西。

"你找寻什么,年轻人?"

"我找寻一个梦。"

"梦？我这里多得很，"老人咧嘴笑起来，"我这里有的是梦，却不知道你要的是哪一种？"

"我失去的是一个能飞的梦。"

"我不知梦能飞不能飞，不过你看它们五颜六色，光彩夺目。你可以从里面挑选任何一个，并不要付多大的代价。"他给我打开了橱窗。

无数的梦商品似的摆在那里。的确是各种各类的梦：有的样子威严，有的颜色艳丽，有的笑得叫人心醉，有的形状凄惨使人同情。这里面却没有一个能飞的梦。

我失望地摇头，我找不到我失去的东西。

"随便挑一个拿去罢，难道里面就没有一个你中意的？"老人殷勤地问。

"没有。我只找寻我失去的那一个。别的我全不要！"

"但是茫茫天地间，你往哪里去找寻你那个梦？年轻人，我应该给你一个忠告，失去的梦是找不回来的。"

"我一定要找！从我身边失去的东西，我一定要找回来！"

"傻瓜，为什么这样固执？"老人哂笑道，"多少人追寻过失去的梦，你可曾见到什么人把梦追了回来？听我的话，转回去好好地睡觉。"

我却继续往前走。

雾渐渐变为稀薄，我看见江水横在我的面前。

我踌躇起来，没有舟楫，我怎么能达到彼岸？

忽然一只小木船靠近岸边，一个十七八岁的少年撑着篙竿高呼"过渡"。

我立刻跳到船中，连声催促船夫火速前进。

"老先生，为什么这样着急？半夜里还有什么要紧事情？"

这个少年怎么称我作"老先生"？刚才在小店里，我还被唤作"年轻人"，难道在这么短的时间里我会增加了许多年纪？

我没有工夫同他争论，我只问他："喂，你有没有见到我那个失去的梦，那个能飞的梦？"

少年不在意地回答："我在这里见到的梦太多了，不知道哪一个是你的。若说能飞，它们都是从这江上飞过去的，没有一个梦会半路落在江里。"

"我那个梦特别亮，比什么都亮。"

"除了星星，我没有见到更亮的东西。那么你的梦并没有飞过这里，因为我见到的全是无光的影子。"

"你能不能告诉我它飞往什么地方？"

"我不能。不过我知道它一定不在对岸，我劝你不要过去。"

"我一定要过去。请你把我快送过去，我愿出任何的代价。"

少年把我送到了对岸。

没有雾。天落着小雨。我走的全是滑脚的泥路。我好几次跌倒在途中，又默默地爬起来，揉着伤，然后更小心地前进。

一座高山立在我面前。没有土，没有树，这是一座不可攀登的石山。

"难道我应该空手转身回去？"我迟疑起来。

"不能，不能！"我听见了自己的心声。

"年轻人不能走回头路！"我的心这样说。

我鼓起勇气攀登岩石，一个继续一个，直到我两手出血，两脚肿痛，两腿发软，我还在往上爬行。

我几次失掉勇气，又恢复决心；几次停止，又继续上升；几次几乎跌落，又连忙抓紧岩石的边沿。最后我像一个病人，一个乞丐，拖着疲倦的身子和破烂的衣服立在山顶。我仍然看不到我那个失去的梦。

上面是一望无垠的青天,下面是一片云海、雾海。在这么大的空间里只有一只苍鹰在我的头顶上盘旋。

我的眼光跟着鹰翼在空中打转。我羡慕它能够那么自由自在地在无边的天海里上下飞翔。它一会儿飞得高高的,变成了一个黑点,一会儿又突然凌空下降,飞得那么低,两只翅膀正掠过我的头。我看见它那只锋利的尖嘴张开,发出一声嘲笑似的长啸。

它一定在笑我立在山顶束手无策,也许就是它攫去了我的梦。所以它第二次掠过我的头上,我愤然伸出手去捉它的脚爪。我捉住了鹰,但是一个筋斗把我从山顶跌下去了……

我睁开眼,我还是在自己的家里。原来我又失去了一个梦。

1941 年 11 月在桂林

灯

我半夜从噩梦中惊醒,感觉到室闷,便起来到廊上去呼吸寒夜的空气。

夜是漆黑的一片,在我的脚下仿佛横着沉睡的大海,但是渐渐地像浪花似的浮起来灰白色的马路。然后夜的黑色逐渐减淡。哪里是山,哪里是房屋,哪里是菜园,我终于分辨出来了。

在右边,傍山建筑的几处平房里射出来几点灯光,它们给我扫淡了黑暗的颜色。

我望着这些灯,灯光带着昏黄色,似乎还在寒气的袭击中微微颤抖。有一两次我以为灯会灭了。但是一转眼昏黄色的光又在前面亮起来。这些深夜还燃着的灯,它们(似乎只有它们）默默地在散布一点点的光和热，不仅给我，而且还给那些寒夜里不能睡眠的人，和那些这时候还在黑暗中摸索的行路人。是的，那边不是起了一阵急促的脚步声吗？谁从城里走回乡下来了？过了一会儿，一个黑影在我眼前晃一下。影子走得极快，好像在跑，又像在溜，我了解这个人急忙赶回家去的心情。那么，我想，在这个人的眼里、心上，前面那些灯光会显得是更明亮、更温暖罢。

我自己也有过这样的经验。只有一点微弱的灯光，就是那一点仿佛随时都会被黑暗扑灭的灯光也可以鼓舞我多走一段长长的路。大片的飞雪飘打在我的脸上，我的皮鞋不时陷在泥泞的土路中，风几次要把我摔倒在污泥里。我似乎走进了一个迷阵，永远找不到出口，看不见路的尽头。但是我始终挺起身子向前迈步，因为我看见了一点豆大的灯光。灯光，不管是哪个人家的灯光，都可以给行人——甚至像我这样的一个异乡人——指路。

这已经是许多年前的事了。我的生活中有过了好些大的变化。现在我站在廊上望山脚的灯光，那灯光跟好些年前的灯光不是同样的么？我看不出一点分别！为什么？我现在不是安安静静地站在自己楼房前面的廊上么？我并没有在雨中摸夜路。但是看见灯光，我却忽然感到安慰，得到鼓舞。难道是我的心在黑夜里徘徊；它被噩梦引入了迷阵，到这时才找到归路？

我对自己的这个疑问不能够给一个确定的回答。但是我知道我的心渐渐地安定了，呼吸也畅快了许多。我应该感谢这些我不知道姓名的人家的灯光。

他们点灯不是为我，在他们的梦寐中也不会出现我的影子。但是我的心仍然得到了益处。我爱这样的灯光。几盏灯甚或一盏灯的微光固然不能照彻黑暗，可是它也会给寒夜里一些不眠的人带来一点勇气，一点温暖。

孤寂的海上的灯塔挽救了许多船只的沉没，任何航行的船只都可以得到那灯光的指引。哈里希岛上的姐姐为着弟弟点在窗前的长夜孤灯，虽然不曾唤回那个航海远去的弟弟，可是不少捕鱼归来的邻人都得到了它的帮助。

再回溯到远古的年代去。古希腊女教士希洛点燃的火炬照亮了每夜泅过海峡来的利安得尔的眼睛。有一个夜晚暴风雨把火炬弄灭了，让那个勇敢的情人溺死在海里。但是熊熊的火光至今还隐约地亮在我们的眼前，似乎那火炬并没有跟着殉情的古美人永沉海底。

这些光都不是为我燃着的，可是连我也分到了它们的一点恩泽——一点光，一点热。光驱散了我心灵里的黑暗，热促成它的发育。一个朋友说："我们不是单靠吃米活着。"我自然也是如此。我的心常常在黑暗的海上飘浮，要不是得着灯光的指引，它有一天也会永沉海底。

我想起了另一位友人的故事：他怀着满心难治的伤痛和必死之心，投到江南的一条河里。到了水中，他听见一声叫喊（"救人啊！"），看见一点灯光，模糊中他还听见一阵喧闹，以后便失去知觉。醒过来时他发觉自己躺在一个陌生人的家中，桌上一盏油灯，眼前几张诚恳、亲切的脸。"这人间毕竟还有温暖。"他感激地想着，从此他改变了生活态度。"绝望"没有了，"悲观"消失了，他成了一个热爱生命的积极的人。这已经是二三十年前的事了。我最近还见到这位朋友。那一点灯光居然鼓舞一个出门求死的人多活了这许多年，而且使他到现在还活得健壮。我没有跟他重谈起灯光的话。但是我想，那一点微光一定还在他的心灵中摇晃。

在这人间，灯光是不会灭的——我想着，想着，不觉对着山那边微笑了。

1942年2月在桂林

祝　福

　　一个十五岁的孩子从北方寄来一封信，没有署名，也没有写下地址，信里只有一些简单的字句，大意是：一个北方的孩子给你送来"祝福"。

　　这是三年前的事了。每次我的眼前起一阵雾，或者我的心发痛的时候，我就想起那封短信。后来我便觉得力量渐渐地恢复了。

　　我不是宗教的信奉者，神的祝福不能够控制我的脑筋。我不是修行人，不会祈求来世的幸运。我不信神，便不想进天堂。我不信鬼，故不怕入地狱。

　　但是一个孩子的单纯的话却能镇定我的迷乱，鼓舞我的精神。他用了带宗教味的"祝福"这个名词,他是有道理的。这心与心的相通,心对心的关切,与"利害"无关,和"虚伪"隔绝。这个孩子不知道我的家世,不认识我的面容。他看见的只是我的心。他用他的心来接触我的心,他的心了解我的语言。作为反应,他写下他的心的语言寄给我。

那个孩子的真诚的心的颤动越过了数千里道路,越过了数不尽的美丽的河山,达到我双手可以接触的地方。我的手拿着那张信纸,我的眼睛就仿佛看见那一颗没有一点尘垢的鲜红的"赤子之心"。这颗心是热的,它的热暖了我的心;这颗心是活鲜鲜地跳动着的,它的勃勃的生气振奋了我的精神。

从那个孩子的信上我的确得到了"祝福",而且这"祝福"的效力还是那些神的祝福、宗教的祝福所不能及的。

我接受了孩子的祝福,让我在"赤子之心"前低首膜拜。

做大哥的人

我的大哥生来相貌清秀,自小就很聪慧,在家里得到父母的宠爱,在书房里又得到教书先生的称赞。看见他的人都说他日后会有很大的成就。母亲也很满意这样一个"宁馨儿"。

他在爱的环境里逐渐长成。我们回到成都以后,他过着一位被宠爱的少爷的生活。辛亥革命的前夕,三叔带着两个镖客回到成都。大哥便跟镖客学习武艺。父亲对他抱着很大的希望,想使他做一个"文武全才"的人。

每天早晨天还没有大亮,大哥便起来,穿一身短打,在大厅上或者天井里练习打拳使刀。他从两个镖客那里学到了他们的全套本领。我常常看见他在春天的黄昏舞动两把短刀。两道白光连接成了一根柔软的丝带,蛛网一般地掩盖住他的身子,像一颗大的白珠子在地上滚动。他那灵活的舞刀的姿态甚至博得了严厉的祖父的赞美,还不说那些胞姐、堂姐和表姐们。

他后来进了中学。在学校里他是一个成绩优良的学生,四年课程修满毕业的时候他又名列第一。他得到毕业文凭归来的那一天,姐姐们聚在他的房里,为他的光辉的前程庆祝。他们有一个欢乐的聚会。大哥当时对化学很感兴趣,希望毕业以后再到上海或者北京的有名的大学里去念书,将来还想到德国去留学。他的脑子里装满了美丽的幻想。

然而不到几天,他的幻想就被父亲打破了,非常残酷地打破了。因为父亲给他订了婚,叫他娶妻了。

这件事情他也许早猜到一点点,但是他料不到父亲就这么快地给他安排好了一切。在婚姻问题上父亲并不体贴他,新来的继母更不会知道他的心事。

他本来有一个中意的姑娘,他和她中间似乎发生了一种旧式的若有若无的爱情。那个姑娘是我的一个表姐,我们都喜欢她,都希望他能够同她结婚。然而父亲却给他另外选了一个张家姑娘。

父亲选择的方法也很奇怪。当时给大哥做媒的人有好几个，父亲认为可以考虑的有两家。父亲不能够决定这两个姑娘中间究竟哪一个更适宜做他的媳妇，因为两家的门第相等，请来做媒的人的情面又是同样地大。后来父亲就把两家的姓写在两方小红纸块上面，揉成了两个纸团，捏在手里，到祖宗的神主面前诚心祷告了一番，然后随意拈起了一个纸团。父亲拈了一个"张"字，而另外一个毛家的姑娘就这样地被淘汰了。（据说母亲在时曾经向表姐的母亲提过亲事，而姑母却以"自己已经受够了亲上加亲的苦，不愿意让女儿再来受一次"这理由拒绝了，这是三哥后来告诉我的。拈阄的结果我却亲眼看见。）

大哥对这门亲事并没有反抗，其实他也不懂得反抗。我不知道他向父亲提过他的升学的志愿没有，但是我可以断定他不会向父亲说起他那若有若无的爱情。

于是嫂嫂进门来了。祖父和父亲因为大哥的结婚在家里演戏庆祝。结婚的仪式自然不简单。大哥自己也在演戏，他一连演了三天的戏。在这些日子里他被人宝爱着像一个宝贝，被人玩弄着像一个傀儡。他似乎有一点点快乐，又有一点点兴奋。

他结了婚，祖父有了孙媳，父亲有了媳妇，我们有了嫂嫂，别的许多人也有了短时间的笑乐。但是他自己也并非一无所得。他得了一个体贴他的温柔的姑娘。她年轻,她读过书,她会作诗,她会画画。他满意了,在短时期中他享受了以前所不曾梦想到的种种乐趣。在短时期中他忘记了他的前程,忘记了升学的志愿。他陶醉在这个少女的温柔的抚爱里。他的脸上常带笑容,他整天躲在房里陪伴他的新娘。

他这样幸福地过了两三个月。一个晚上父亲把他唤到面前吩咐道:"你现在接了亲,房里添出许多用钱的地方;可是我这两年来入不敷出,又没有多余的钱给你们用,我只好替你找个事情混混时间,你们的零用钱也可以多一点。"

父亲含着眼泪温和地说下去。他唯唯地应着,没有说一句不同意的话。可是回到房里他却倒在床上伤心地哭了一场。他知道一切都完结了!

一个还没有满二十岁的青年就这样地走进了社会。他没有一点处世的经验,好像划了一只独木舟驶进了大海,不用说狂风大浪在等着他。

在这些时候他忍受着一切,他没有反抗,他也不知道反抗。

月薪是二十四银元。为了这二十四个银元的月薪,他就断送了自己的前程。

然而灾祸还不曾到止境。一年以后父亲突然死去,把我们这一房的生活的担子放到他的肩上。他上面有一位继母，下面有几个弟弟妹妹。

　　他埋葬了父亲以后就平静地挑起这个担子来。他勉强学着上了年纪的人那样来处理一切。我们一房人的生活费用自然是由祖父供给的。（父亲的死引起了我们大家庭第一次的分家，我们这一房除了父亲自己购置的四十亩田外，还从祖父那里分到了两百亩田。）他用不着在这方面操心。然而其他各房的仇视、攻击、陷害和暗斗却使他难于应付。他永远平静地忍受了一切，不管这仇视、攻击、陷害和暗斗愈来愈厉害。他只有一个办法：处处让步来换取暂时的平静生活。

　　后来他的第一个儿子出世了。祖父第一次看见了重孙，自然非常高兴。大哥也感到了莫大的快乐。儿子是他的亲骨血，他可以好好地教养他，在他的儿子的身上实现他那被断送了的前程。

　　他的儿子一天一天长大起来，是一个非常聪明可爱的孩子，得到了我们大家的喜爱。

　　接着"五四运动"发生了。我们都受到了新思潮的洗礼。他买了好些新书报回家。我们（我们三弟兄和三房的六姐，再加上一个香表哥）都贪婪地读着一切新的书报，接受新的思想。然而他的见解却比较温和。他赞成刘半农的"作揖主义"和托尔斯泰的"无抵抗主义"。他把这种理论跟我们大家庭的现实环境结合起来。

他一方面信服新的理论，一方面依旧顺应旧的环境生活下去。顺应环境的结果，就使他逐渐变成了一个有两重人格的人。在旧社会、旧家庭里他是一位暮气十足的少爷；在他同我们一块儿谈话的时候，他又是一个新青年了。这种生活方式是我和三哥所不能够了解的，我们因此常常责备他。我们不但责备他，而且时常在家里做一些带反抗性的举动，给他招来祖父的更多的责备和各房的更多的攻击与陷害。

祖父死后，大哥因为做了承重孙（听说他曾经被一个婶娘暗地里唤作"承重老爷"），便成了明枪暗箭的目标。他到处磕头作揖想讨好别人，也没有用处；同时我和三哥的带反抗性的言行又给他招来更多的麻烦。

我和三哥不肯屈服。我们不愿意敷衍别人，也不愿意牺牲自己的主张，我们对家里一切不义的事情都要批评，因此常常得罪叔父和婶娘。他们没有办法对付我们，因为我们不承认他们的权威。他们只好在大哥的身上出气，对他加压力，希望通过他使我们低头。不用说这也没有用。可是大哥的处境就更困难了。他不能够袒护我们，而我们又不能够谅解他。

有一次我得罪了一个婶娘，她诬我打肿了她的独子的脸颊。我亲眼看见她自己在盛怒中把我那个堂弟的脸颊打肿了,她却牵着堂弟去找我的继母讲理。大哥要我向她赔礼认错,我不肯。他又要我到二叔那里去求二叔断公道。但是我并不相信二叔会主张公道。结果他自己代我赔了礼认错,还受到了二叔的申斥。他后来到我的房里,含着眼泪讲了一两个钟头,惹得我也淌了泪。但是我并没有答应以后改变态度。

像这样的事情是很多的。他一个人平静地代我们受了好些过,我们却不能够谅解他的苦心。我们说他的牺牲是不必要的。我们的话也并不错,因为即使没有他代我们受过承担了一切,叔父和婶娘也无法加害到我们的身上来。不过麻烦总是免不了的。

然而另一个更大的打击又来了。他那个聪明可爱的儿子还不到四岁,就害脑膜炎死掉了。他的希望完全破灭了。他的悲哀是很大的。

他内心的痛苦已经深到使他不能够再过平静的生活了。在他的身上偶尔出现了神经错乱的现象。他称这种现象作"痰病"。幸而他发病的时间不多。

后来他居然帮助我和三哥(二叔也帮了一点忙,说句公平的话,二叔后来对待大哥和我们相当亲切)同路离开成都,以后又让我单独离开中国。他盼望我们几年以后学到一种专长就回到成都去"兴家立业"。但是我和三哥两个都违背了他的期望。我们一出川就没有回去过。尤其是我，不但不进工科大学，反而因为到法国的事情写过两三封信去跟他争论，以后更走了与他的期望相反的道路。不仅他对我绝了望，而且成都的亲戚们还常常拿我来做坏子弟的榜样，叫年轻人不要学我。

我从法国回来的第二年他也到了上海。那时三哥在北平，没有能够来上海看他。我们分别了六年如今又有机会在一起谈笑了，两个人都很高兴。我们谈了别后的许多事情，谈到三姐的惨死，谈到二叔的死，谈到家庭间的种种怪现象。我们弟兄的友爱并没有减少，但是思想的差异却更加显著了。他完全变成了旧社会中一位诚实的绅士了。

他在上海只住了一个月。我们的分别是相当痛苦的。我把他送到了船上。他已经是泪痕满面了。我和他握了手说一句："一路上好好保重。"正要走下去，他却叫住了我。他进了舱去打开箱子，拿出一张唱片给我，一面抽咽地说："你拿去唱。"我接到手一看，是 G.F. 女士唱的《Sonny Boy》，两个星期前我替他在谋得利洋行买的。他知道我喜欢听这首歌，所以想起了把唱片拿出来送给我。然而我知道他也同样地爱听它。这时候我很不愿意把他喜欢的东西从他的手里夺去。

但是我又一想我已经有许多次违抗过他的劝告了,这一次我不愿意在分别的时候使他难过,表弟们在下面催促我。我默默地接过了唱片。我那时的心情是不能够用文字表达的。

我和表弟们坐上了划子,让黄浦江的风浪颠簸着我们。我望着外滩一带的灯光,我记起我是怎样地送别了一个我所爱的人,我的心开始痛起来,我的不常哭泣的眼睛里竟然淌下了泪水。

他回到成都写了几封信给我。后来他还写过一封诉苦的信。他说他会自杀,倘使我不相信,到了那一天我就会明白一切。但是他始终未说出原因来。所以我并不曾重视他的话。

然而在一九三一年春天的一个早晨,他果然就用毒药断送了他的年轻的生命。两个月以后我才接到了他的二十几页的遗书。在那上面我读着这样的话:

> 卖田以后……我即另谋出路。无如我求速之心太切,以为投机事业虽险,却很容易成功。前此我之所以失败,全是因为本钱是借贷来的,要受时间和大利的影响。现在我们自己的钱放在外边一样收利,我何不借自己的钱来做,一则利息也轻些,二则不

受时间影响。用自己的钱来做,果然得了小利。……所以陆续把存放的款子提回来,作贴现之用,每月可收百数十元。做了几个月,很顺利。于是我就放心大胆地做去了。……哪晓得年底一病就把我毁了①,等我病好出外一看,才知道我们的养命根源已经化成了水。好,好！既是这样,有什么话说！所以我生日那天,请大家看戏后,就想自杀。但是我实在舍不得家里的人。多看一天算一天,混一天。现在混不下去了。我也不想向别人骗钱来用。算了罢。如果活下去,那才是骗人呢。……我死之后不用什么埋葬,随便分尸也可,或者听野兽吃也可。因我应得之罪累及家人受此痛苦,望从重对我的尸体加以处罚……

这就是大哥自杀的动机了。他究竟是为了顾全绅士的面子而死,还是因为不能够忍受未来的更痛苦的生活,我虽然熟读了他的遗书,被里面一些极凄惨的话刺痛了心,但是我依旧不能够了解。我只知道他不愿意死,而且他也没有死的必要。我知道他写了三次遗书,又三次把它毁了。甚至在第

---

① 因为在他的病中好几家银行倒闭了,他并不知道。(作者注)

四次的遗书里他还不自觉地喊着："我不愿意死。"然而他终于像一个诚实的绅士那样吞食了自己摘下的苦果而死去了。结果他在那般虚伪的绅士眼前失掉了面子，并且把更痛苦的生活留给他的妻子和一儿四女（其中有四个我并未见过）。我们的叔父婶娘们在他死后还到他的家里逼着讨他生前欠的债；至于别人借他的钱，那就等于"付之东流"了。

大哥终于做了一个不必要的牺牲者而死去了。他这一生完全是在敷衍别人，任人摆弄。他知道自己已经逼近了深渊，却依旧跟着垂死的旧家庭一天一天地陷落下去，终于到了完全灭顶的一天。他便不得不像一个诚实的绅士那样拿毒药做他唯一的拯救了。

他被旧礼教、旧思想害了一生，始终不能够自拔出来。其实他是被旧制度杀死的。然而这也是咎由自取。在整个旧制度大崩溃的前夕，对于他的死我不能有什么遗憾。然而一想到他的悲惨的一生，一想到他对我所做过的一切，一想到我所带给他的种种痛苦，我就不能不痛切地感觉到我丧失了一个爱我最深的人了。

我的幼年

窗外落着大雨，屋檐上的水槽早坏了，这些时候都不曾修理过，雨水就沿着窗户从缝隙浸入屋里，又从窗台流到了地板上。

我的书桌的一端正靠在窗台下面，一部分的雨水就滴在书桌上，把堆在那一角的书、信和稿件全打湿了。

我已经躺在床上，听见滴水的声音才慌忙地爬起来，扭燃电灯。啊，地板上积了那么一大摊水！我一个人吃力地把书桌移开，使它离窗台远一些。我又搬开了那些水湿的书籍，这时候我无意间发现了你的信。

你那整齐的字迹和信封上的香港邮票吸引了我的眼光，我拿起信封抽出了那四张西式信笺。我才记起四个月以前我在怎样的心情下面收到你的来信。我那时没有写什么话，就把你的信放在书堆里，以后也就忘记了它。直到今天，在这样的一个雨夜，你的信又突然在我的眼前出现了。朋友，你想，这时候我还能够把它放在一边，自己安静地躺回到床上闭着眼睛睡觉吗？

为了这书，我曾在黑暗中走了九英里的路，而且还经过三个冷僻荒凉的墓场。那是在去年九月二十三夜，我去香港，无意中见到这书，便把袋中仅有的钱拿来买了。这钱我原本打算留下来坐 Bus 回鸭巴甸的。

在你的信里我读到这样的话。它们在四个月以前曾经感动了我。就在今天我第二次读到它们，我还仿佛跟着你在黑暗中走路，走过那些荒凉的墓场。你得把我看作你的一个同伴，因为我是一个和你一样的人，而且我也有过和这类似的经验。这样的经验我确实有的太多了。从你的话里我看到了一个时期的我的面影。年光在我的面前倒流过去，你的话使我又落在一些回忆里面了。

你说，你希望能够更深切地了解我，你奇怪是什么东西

海上日出

把我养育大的。朋友，这并不是什么可惊奇的事，因为我一生过的是"极平凡的生活"。我说过，我生在一个古老的家庭里，有将近二十个长辈，有三十个以上的兄弟姊妹，有四五十个男女仆人，但这样简单的话是不够的。我说过我从小就爱和仆人在一起，我是在仆人中间长大的。但这样简单的话也还是不够的。我写出了一部分的回忆，但我同时也埋葬了另一部分的回忆。我应该写出的还有许多、许多的事情。

是什么东西把我养育大的？我常常拿这个问题问我自己。当我这样问的时候，最先在我的脑子里浮动的就是一个"爱"字。父母的爱，骨肉的爱，人间的爱，家庭生活的温暖，我的确是一个被人爱着的孩子。在那时候一所公馆便是我的世界，我的天堂。我爱一切的生物，我讨好所有的人。我愿意揩干每张脸上的眼泪，我希望看见幸福的微笑挂在每个人的嘴边。

然而死在我的面前走过了。我的母亲闭着眼睛让人家把她封在棺材里。从此我的生活里缺少了一样东西。父亲的房间突然变得空阔了。我常常在几间屋子里跑进跑出，唤着"妈"这个亲爱的字。我的声音白白地被寂寞吞食了，墙壁上目前的照片也不看我一眼。死第一次在我的心上投下了阴影。我开始似懂非懂地了解恐怖和悲痛的意义了。

我渐渐地变成了一个爱思想的孩子。但是孩子的心究竟容易忘记，我不会整天垂泪。我依旧带笑带吵地过日子。孩子的心就像一只羽毛刚刚长成的小鸟，它要飞，飞，只想飞往广阔的天空去。

幼稚的眼睛常常看不清楚。小鸟怀着热烈的希望展翅向天空飞去，但是一下子就碰着铁丝网落了下来。这时我才知道，自己并不是在自由的天空下面，却被人关在一个铁丝笼里。家庭如今换上了一个面目，它就是阻碍我飞翔的囚笼。

然而孩子的心是不怕碰壁的。它不知道绝望，它不知道困难，一次做失败的事情，还要接二连三地重做。铁丝的坚硬并不能够毁灭小鸟的雄心。经过几次的碰壁以后，连安静的孩子也知道反抗了。

同时在狭小的马房里，我躺在那些病弱的轿夫的烟灯旁边，听他们叙述悲痛的经历；或者在寒冷的门房里，傍着黯淡的清油灯光，听衰老的仆人绝望地倾诉他们的胸怀。那些没有希望只是忍受苦刑般地生活着的人的故事，在我的心上投下了第二个阴影。而且我的眼睛还看得见周围的一切。一个抽大烟的仆人周贵偷了祖父的字画被赶出去做了乞丐，每逢过年过节，偷偷地跑来，躲在公馆门前石狮子旁边，等着机会央求一个从前的同事向旧主人讨一点赏钱，后来终于冻

海上日出

馁地死在街头。老仆人袁成在外面烟馆里被警察接连捉去两次，关了几天才放出来。另一个老仆人病死在门房里。我看见他的瘦得像一捆柴的身子躺在大门外石板上，盖着一张破席。一个老轿夫出去在斜对面一个亲戚的家里做看门人，因为别人硬说他偷东西，便在一个冬天的晚上用了一根裤带吊死在大门内。当这一切在我的眼前发生的时候，我含着眼泪，心里起了火一般的反抗的思想。我说我不要做一个少爷，我要做一个站在他们一边，帮助他们的人。

反抗的思想鼓舞着这只不知天高地厚的小鸟用力往上面飞，要冲破那个铁丝网。但铁丝网并不是软弱的翅膀所能够冲破的。碰壁的次数更多了。这期间我失掉了第二个爱我的人——父亲。

我悲痛我的不能补偿的损失。但是我的生活使我没有时间专为个人的损失悲哀了。因为这个富裕的大家庭在我的眼前变成了一个专制的王国。仇恨的倾轧和斗争掀开平静的表面爆发了。势力代替了公道。许多可爱的年轻的生命在虚伪的礼教的囚牢里挣扎，受苦，憔悴，呻吟以至于死亡。然而我站在旁边不能够帮助他们。同时在我的渴望发展的青年的灵魂上，陈旧的观念和长辈的威权像磐石一样沉重地压下来。"憎恨"的苗于是在我的心上发芽生叶了。接着"爱"

来的就是这个"恨"字。

年轻的灵魂是不能相信上天和命运的。我开始觉得现在社会制度的不合理了。我常常狂妄地想：我们是不是能够改造它，把一切事情安排得更好一点。但是别人并不了解我。我只有在书本上去找寻朋友。

在这种环境中我的大哥渐渐地现出了疯狂的倾向。我的房间离大厅很近，在静夜，大厅里的任何微弱的声音我也可以听见。大厅里放着五六乘轿子，其中有一乘是大哥的。这些时候大哥常常一个人深夜跑到大厅上，坐到他的轿子里面去，用什么东西打碎轿帘上的玻璃。我因为读书睡得很晚，这类声音我不会错过。我一听见玻璃破碎声，我的心就因为痛苦和愤怒痛起来了。我不能够再把心关在书上，我绝望地拿起笔在纸上涂写一些愤怒的字眼，或者捏紧拳头在桌上捶。

后来我得到了一本小册子，就是克鲁泡特金的《告少年》（这是节译本）。我想不到世界上还有这样的书！这里面全是我想说而没法说得清楚的话。它们是多么明显，多么合理，多么雄辩。而且那种带煽动性的笔调简直要把一个十五岁的孩子的心烧成灰了。我把这本小册子放在床头，每夜都拿出来，读了流泪，流过泪又笑。那本书后面附印着一

海上日出

些警句，里面有这样的一句话："天下第一乐事，无过于雪夜闭门读禁书。"我觉得这是千真万确的。从这时起，我才开始明白什么是正义。这正义把我的爱和恨调和起来。

但是不久，我就不能以"闭门读禁书"为满足了。我需要活动来发散我的热情；需要事实来证实我的理想。我想做点事情，可是我又不知道应该怎样开头去做。没有人引导我。我反复地阅读那本小册子，译者的名字是真民，书上又没有出版者的地址。不过给我这本小册子的人告诉我可以写信到上海新青年社去打听。我把新青年社的地址抄了下来，晚上我郑重地摊开信纸，怀着一颗战栗的心和求助的心情，给《新青年》的编者写信。这是我一生写的第一封信，我把我的全心灵都放在这里面，我像一个谦卑的孩子，我恳求他给我指一条路，我等着他来吩咐我怎样献出我个人的一切。

信发出了。我每天不能忍耐地等待着，我等着机会来牺牲自己，来消耗我的活力。但是回信始终没有来。我并不抱怨别人，我想或者是我还不配做这种事情。然而我的心并不曾死掉，我看见上海报纸上载有赠送《夜未央》的广告，便寄了邮票去。在我的记忆还不曾淡去时，书来了，是一个剧本。我形容不出这本书给我的激动。它给我打开了一个新的眼界。我第一次在另一个国家的青年为人民争自由谋幸福的斗争里找到了我的梦境中的英雄，找到了我的终生的事业。

大概在两月以后，我读到一份本地出版的《半月》，在那上面我看见一篇《适社的旨趣和组织大纲》，这是转载的文章。那意见和那组织正是我朝夕所梦想的。我读完了它，我的心跳得很厉害。我无论如何不能够安静下去。两种冲突的思想在我的脑子里争斗了一些时候。到夜深，我听见大哥的脚步声在大厅上响了，我不能自主地取出信纸摊在桌上，一面听着玻璃打碎的声音，一面写着愿意加入"适社"的信给那个《半月》的编辑，要求他做我的介绍人。

这信是第二天发出的，第三天回信就来了。一个姓章的编辑亲自送了回信来，他约我在一个指定的时间到他的家里去谈话。我毫不迟疑地去了。在那里我会见了三四个青年，他们谈话的态度和我家里的人完全不同。他们充满了热情、信仰和牺牲的决心。我把我的胸怀，我的痛苦，我的渴望完全吐露给他们。作为回答，他们给我友情，给我信任，给我勇气。他们把我当作一个知己朋友。从他们的谈话里我知道"适社"是重庆的团体，但是他们也想在这里成立一个类似的组织。他们答应将来让我加入他们的组织，和他们一起工作。我告辞的时候，他们送给我几本"适社"出版的宣传册子，并且写了信介绍我给那边的负责人通信。

事情在今天也许不会是这么简单，这个时候人对人也许不会这么轻易地相信，然而在当时一切都是非常自然。这个小小的客厅简直成了我的天堂。在那里的两小时的谈话照彻了我的灵魂。我好像一只被风暴打破的船找到了停泊的港口。我的心情昂扬，我带着幸福的微笑回到家里。就在这天的夜里，我怀着佛教徒朝山进香时的虔诚，给"适社"的负责人写了信。

　　我的生活方式渐渐地改变了，我和那几个青年结了亲密的友谊。我做了那个半月刊的同人，后来也做了编辑。此外我们还组织了一个团体：均社。我自称为"安那其主义者"，就是从那时候开始的。团体成立以后就来了工作。办刊物、通讯、散传单、印书，都是我们所能够做的事情。我们有时候也开秘密会议，时间是夜里，地点总是在僻静的街道，参加会议的人并不多，但大家都是怀着严肃而紧张的心情赴会的。每次我一个人或者和一个朋友故意东弯西拐，在黑暗中走了许多路，听厌了单调的狗叫和树叶飘动声，以后走到作为会议地点的朋友的家，看见那些紧张的亲切的面孔，我们相对微微地一笑，那时候我的心真要从口腔里跳了出来。我感动得几乎不觉到自己的存在了。友情和信仰在这个阴暗的房间里开放了花朵。

但这样的会议是不常举行的，一个月也不过召集两三次，会议之后是工作。我们先后办了几种刊物，印了几本小册子。我们抄写了许多地址，亲手把刊物或小册子一一地包卷起来，然后几个人捧着它们到邮局去寄发。五一节来到的时候，我们印了一种传单，派定几个人到各处去散发。那一天天气很好，我挟了一大卷传单，在离我们公馆很远的一带街巷里走来走去，直到把它们散发光了，又在街上闲步一回，知道自己没有被人跟着，才放心地到约定集合的地方去。每个人愉快地叙述各自的经验。这一天我们就像在过节。又有一次我们为了一件事情印了传单攻击当时统治省城的某军阀。这传单应该贴在几条大街的墙壁上。我分得一大卷传单回到家里。晚上我悄悄地叫一个小听差跟我一起到十字街口去。他拿着一碗糨糊，我挟了一卷传单，我们看见墙上有空白的地方就把传单贴上去。没有人干涉我们。有几次我们贴完传单走开了，回头看时，一两个黑影子站在那里读我们刚才贴上去的东西。我相信在夜里他们要一字一字地读完它，并不是容易的事情。

《半月》是一种公开的刊物，社员比较多而复杂。但主持的仍是我们几个人。白天我们中间有的人要上学，有的人要做事，夜晚我们才有空聚在一起。每天晚上我总要走过几条黑暗的街巷到"半月社"去。那是在一个商场的楼上。我们四五个人到了那里就忙着卸下铺板，打扫房间，回答一些读者的信件，办理种种的杂事，等候那些来借阅书报的人，因为我们预备了一批新书报免费借给读者。我们期待着忙碌的生活，宁愿忙得透不过气来。共同的牺牲的渴望把我们大家如此坚牢地系在一起。那时候我们只等着一个机会来交出我们个人的一切，而且相信在这样的牺牲之后，理想的新世界就会跟着明天的太阳一同升起来。这样的幻梦固然带着孩子气，但这是多么美丽的幻梦啊！

我就是这样地开始了我的社会生活的。从那时起，我就把我的幼年深深地埋葬了……

窗外刮起大风，关住的窗门突然大开了。雨点跟着飘了进来。我面前的信笺上也溅了水。写好的信笺被风吹起，散落在四处。我不能够继续写下去了，虽然我还有许多话没有向你吐露。我想，我不久还有机会给你写信，叙述那些未说到的事情。我不知道我上面的话能不能够帮助你更了解我。但是我应该感谢你，因为你的信给我唤起了这许多可宝贵的回忆。那么就让这风把我的祝福带给你罢。现在我也该躺一会儿了。

1936 年 8 月深夜

权利保留，侵权必究。

图书在版编目（CIP）数据

海上日出 / 巴金著. — 武汉：长江少年儿童出版社，2024.11. —（课文作家经典作品系列）. — ISBN 978-7-5721-5783-7

Ⅰ．I266

中国国家版本馆 CIP 数据核字第 2024E9B536 号

课文作家经典作品系列·海上日出
KEWEN ZUOJIA JINGDIAN ZUOPIN XILIE·HAISHANG RICHU

巴金 著

出 品 人：何　龙	封面插图：视觉中国
策　　划：姚　磊　胡同印	内文插图：视觉中国
项目统筹：吴炫凝　汤　纯	排版制作：方　莹
责任编辑：何晓青	责任校对：邓晓素
实习编辑：王　惠	责任印制：邱　刚　雷　恒
整体设计：陈　奇	

出版发行：长江少年儿童出版社
邮政编码：430070
网　　址：http ://www.cjcpg.com
承 印 厂：湖北恒泰印务有限公司
经　　销：新华书店湖北发行所
开　　本：720 毫米 × 970 毫米　1/16
印　　张：7
字　　数：62 千字
版　　次：2024 年 11 月第 1 版
印　　次：2024 年 11 月第 1 次印刷
书　　号：ISBN 978-7-5721-5783-7
定　　价：28.00 元

本书如有印装质量问题，可联系承印厂调换。